한국조각가협회

한 잔의 주파수

초판 1쇄 인쇄   2009년 08월 24일
초판 1쇄 발행   2009년 09월 01일

지은이 | 이익녕
펴낸이 | 손형국
펴낸곳 | (주)에세이퍼블리싱
출판등록 | 2004. 12. 1(제315-2008-022호)
주소 | 157-857 서울특별시 강서구 방화3동 822-1 화이트하우스 2층
홈페이지 | www.essay.co.kr
전화번호 | (02)3159-9638~40
팩스 | (02)3159-9637

ISBN 978-89-6023-266-2 03810

한 잔의 철학

글 이익녕

**술을 소재로 한
50편의 테마 에세이**

고대로부터 술에 대한 경계나 교훈과
교육에 관한 기록이나 서적을 다
모은다면 아마 조그만 도서관을 다
채우고도 남을 것이다.
지금 지구가 태양 주위를 돌고 있듯이
술잔도 사람 주위를 돌고 있다.

ESSAY

책읽기를 좋아하지 않는 내가 이 글을 쓰게 된 것은 세상 많은 사람들이 술로 인하여 건강을 해치고 과음의 고통에 시달리며 많은 사건 사고를 유발하고 있는 것을 더 이상 지켜보고만 있을 수 없어서다.

고대로부터 술에 대한 경계나 교훈, 교육에 관한 기록이나 서적을 다 모은다면 아마 조그만 도서관을 다 채우고도 남을 것이다.

지금 지구가 태양 주위를 돌고 있듯이 술잔도 사람 주위를 돌고 있다.

이 세상 사람과 술잔 사이에서 일어난 모든 사건과 일화 이야기를 이 술 한 잔에다 다 채워서 마실 수가 없듯이, 이 책의 짧은 내용 역시 이 세상 모든 술 이야기는 더욱 아니다.

이 작은 책은 동해바다에 떠있는 한 조각 종이배에 불과하다.

이 하찮은 한 조각의 책 〈한 잔의 주파수〉에다 인생철학을 맞추며, 인생 항로를 여행한다면, 인생의 성공과 건강을 지켜 행복한 생활에 조금은 도움이 되지 않을까 생각한다.

　나아가 우리 사회의 사건사고나 음주질병의 치료병동이나 음주 운전단속 경찰관도 조금은 줄어들 것이다.

　아무튼 이 책 내용의 부족함이 널리 알려지기를 바라며⋯⋯.

푸른 동해가 보이는 강릉시청 도서관에서

2009년 8월

이익녕

| 차 례 |

| 차 례 |

한 잔의
주파수

1. '수불'의 뜻을 찾아서

지금까지 알려진 술의 어원에 대하여는 여러 가지 통속적인 학설이 있다.

1. 술을 마실 때 입술에 대면 술술 잘 넘어간다는 뜻의 의성 어에서 비롯되었다.

2. 술을 빚을 때 찐 찹쌀과 누룩을 섞고 수(水)를 부어서 술이 발효되는 데, 이 과정에서 부글부글 불처럼 끓어오르는 것 을 보고 바로 '수(水)에서 불이 붙는다' 즉 수불이 되고 이 것이 술이 되었다.

3. 한말의 학자 정교는 순박하고 좋은 술맛 '순(醇)'이나, 손님을 대접하는 잔 돌릴 '수(酬)'에서 술이 되었다는 것 이다.

언어변천 과정을 보면 술은 본딧말인 수블/수불에서 수을/수

울로 거쳐서 생긴 것이다. 그런데 중요한 것은 술의 본딧말 '수불' 의 어원과 그 뜻은 과연 무엇인가?

〈삼국사기〉에 기록된 순수한 신라어로 된 관직명을 근거로 하여 '수불' 의 어원과 뜻을 찾을 수 있다. 기록에 의하면, 당시 신라의 가장 높은 벼슬인 '주다(酒多)' 는 후에 '각간(角干=이벌찬)' 이라 불렸다.

먼저 '酒多' 의 뜻을 풀면 '술이 많음' 이다.

즉 · 酒는 신라어로 '수' [술 뜻을 빌려 쓴 석독자]

　　 · 多는 신에게 바치는 고기를 쌓은 모양으로 많음을 뜻함.

후에 이름 '角干' 이라 했던 뜻도 '술잔이 많음 또는 크다' 이다.

즉 · 角은 신라어로 '스블' [뿔(잔)=술잔 뜻을 쓴 석독자]

　　 · 干은 간=한=찬(소리만 빌려 쓴 음독자)이다.

(※여기서 순 우리말 '한' 은 많음(多) 크다(大) 등의 뜻이다.)

이렇게 풀이 된 내용을 근거로 한다면 처음은 酒의 뜻을 빌려 쓴 신라어 '수' 가 바로 술이었고, 이후 酒는 角으로 불렸다. 角 (각)은 뿔이며 술을 상징하는 뿔잔(角杯)을 말한다.

그래서 각(角) 부수 한자는 술(잔)과 관련이 많다. 고대 신라 또는 가야 영역에서 발견된 뿔잔이 상당수에 이르고 크기와 그 형태도 다양하다.

따라서 角은 '스블' 이며 이것은 '소의 뿔' 이라 짐작된다. 여기서 角은 본질적으로 술을 뜻하는 것이다. 그러므로 '수블' 은

12

처음에는 술을 뜻하는 순우리말 '수'에 이어서, 뿔(잔)을 뜻하는 '스블'이 바로 연음되어 언어 생활상 자연스럽게 결합된 것이라 추정한다.

고대사회부터 뿔로 만든 술잔은 권위의 상징으로서 의례행사용으로 많이 사용됐으며, 세계 곳곳에도 뿔잔은 매우 많다. 오늘날에도 축제 때 뿔잔(모양)을 사용하는 곳이 있다.

요약하자면, 다음과 같이 술의 언어 변화를 짐작할 수 있다.

최초 우리말: 수 → 수(酒)+스블(角)→ 수~블 → 술

그렇다면 '수블'의 어원은 신성한 술과 이 술을 마실 수 있는 뿔잔까지 함축한 상징적, 실용적인 순우리말이라고 할 수 있다.

결론적으로 신라 관직명 '酒多'와 '角干'의 뜻을 본다면 '술

(잔)이 많음'이므로 본질적인 뜻은 똑 같다. 이런 연유로 고대로부터 상징적으로 고귀한 선물이 술이며 또한 술잔 역시 최고의 하사품이므로 당연히 '술 많음'이란 뜻을 가진 것이 신라의 최고의 벼슬이름으로 사용한 것으로 추정된다.

고려시대에 와서는 12세기 초 송나라 손목이 고려 방언을 한 자음을 표의적으로 기록한 '계림유사'에서 '수발(酥孛)'을 술을 뜻하는 '수블'의 표기로 보고 있다.

여기서 수(酥)는 술의 딴이름 즉 술, 발(孛)은 요기스러운 기운, 안색이 변한다는 뜻이므로, 즉 수발(酥孛)은 요사스러운 기운을 발한다는 뜻이다.

조선시대 문헌에서는 술은 수울/수을로 기록되어 있으며 '조선관역어'에는 술을 '수본'으로 적고 있다.

수천 년 역사가 흐른 지금 술을 '수블'이라 말하면 사뭇 느낌이 새롭다.

이렇게 술은 수천 년 동안 언어생명력을 전혀 잃지 않았으며 민족의 마음속에 숨 쉬며 조상들의 몸속을 굽이굽이 흘러왔다. '술!' 실감나는 인간 오감을 자극하고 인간의 속마음을 파노라마처럼 비추며 인류 사회를 샅샅이 더듬으면서 흘러오고 있다.

ㄹ. 주(酒)의 뜻을 찾아서

원래 술 酒(주)의 옛글자는 酉(유)이다. 酉(유)는 갑골문에서 뚜껑이 덮인, 밑이 뾰족한 모양의 술을 빚는 고대 토기(항아리)를 본 뜬 상형이다. 이것은 침전물을 밑바닥에 모으기 편리한 구조로 돼 있다. 따라서 원래 유(酉)는 바로 술을 뜻한다. 그래서 술을 유성(酉聖)이라고 하기도 하는 것이다.

그런데, 어떻게 술 酉자에 氵(물수변)가 붙어서 酒(주)가 되었을까? 중국의 술 기원에 따르면 의적이 처음으로 술을 빚었으며 술은 기장으로 만들었다. 따라서 술(酉)은 가을에 익은 기장에 물(水)를 타서 술을 빚는다 하여 이루어진 회의문자로서 처음에는 氵(물수변)이 酉자의 오른쪽에 붙어서 술 酉氵이었다.

여기서 특히, 곡식 기장이란 서(黍)는 원래 이삭이 흩어져 자란다는 형상으로 禾이었는데, 여기에 水이 더해진 것은 바로

기장에 물을 부어 술을 담았기 때문이다. 덧붙이면, 기장 밭이 많은 곳에 장수하는 사람이 많다는 말이 있는데 이것은 술이 약으로 사용되었다는 뜻이다.

– 위 내용을 간략하게 나타낸다면,

최초 토기▽ 속에 → 기장과 물을 붓고, 뚜껑을 덮은 형상인 글자 → 酉 → 酉+水(禾+水←黍) → 酉シ → 酒가 된다.

흔히 술을 잘 마시고 많이 마시는 것을 큰 닭(酉)벼슬이라도 한 것처럼 자랑삼아 이야기한다. 술은 바로 닭을 뜻하는 酉와 똑같다, 즉 유시(酉時)에서 술을 마시는 시간과 그 음주 방법의 힌트를 얻을 수 있다. 그 답은 닭들이 먹이를 쫓아 다니다 해질 무렵 잠자리로 들어갈 때 닭이 한 두 모금 물을 마시듯이, 퇴근 길에 조금 술을 마신다는 것이다.

옛 농경사회는 가끔 노동의 양념으로 술을 조금 마신 뒤 잠자리에 들었을 것이다. 지금 현대사회는 다양한 직업과 특수한 작업환경으로 인하여 일정한 퇴근이 없어졌지만 음주와 관련하여, 십이지(十二支) 동물의 시간과 활동 특성을 연관시켜서 생각해 볼 필요가 있다.

1. 닭 유(酉)시(저녁5시~7시): 이때 닭들이 둥지로 들어가는 시간이다. 이에 따라 술은 저녁 7시 또는 퇴근 후 2시간 이내로 끝내고 집에 들어가는 것이 가장 알맞다.

2. 개 술(戌)시(저녁 7시~9시): 이때는 날이 어두워져 개들이 집을 지키기 시작하는 시간이다. 따라서 가족이 기다리기 시작하므로 술자리를 끝내고 집으로 갈 시간이다.

3. 돼지 해(亥)시(저녁 9시~11시): 돼지가 단잠을 자고 있는 시간이다. 따라서 가족들이 다들 기다리다 모두 잠을 자야 할 시간이다. 그러므로 술에 취하여 2차, 3차 가자는 사람들의 유혹을 뿌리치고 곧 바로 집으로 가야 하는 것이다. 이 경우 집에는 문이 잠겨 있을 수 있으니 반드시 연락을 취하는 것이 좋다.

4. 이 시간 이후의 음주는 '해당 없음'으로 생략한다.

(※ 닭(酉)에 대하여 몇 마디 추가하자면, 사실 닭이 상징하는 바가 크다.)

○ 먼저 어둠을 내쫓고 광명과 복(福)을 불러들인다.

○ 밤을 지켜 새벽을 알리는 믿음(信)을 가지고 있다.

○ 벼슬과 발톱을 가진 상서로운 동물로 부귀와 재물의 상징

으로 여겨진다.

○ 먹이를 나누는 인(仁)을 가지고 있다. 그리고 닭(酉)에게
   건강비결도 배울 수 있다.

○ 일찍 잠자리에 들고 일찍 일어난다.

○ 부지런한 동물로서 계속 움직인다.

○ 무엇이든 고루 먹으며 조금씩 먹는다.

3. 백두산은 제천행사에서 유래

백두산은 우리나라에서 제일 높은 산(2,744m)으로서 민족의 성산(聖山)으로 숭배돼 오고 있다. 하늘과 인간과 땅이 수직으로 연결되는 우리민족의 발상지이고 민족의 정신적 긍지와 자존심의 위상이다. 기록상으로는 신라 신문왕때부터 백두산이란 이름이 사용되었다고 한다.

이 산 이름의 유래에 대해서 몇 가지가 알려져 있다.

1. 산꼭대기에 백색의 부석(浮石)이 얹혀 있으므로 마치 흰(白) 머리(頭)와 같은 산(山)이라 하여 白頭山이다.

2. 멀리서 산을 바라보면 산머리(頭) 흰(白) 독을 엎어 놓은 것 같은 모습에서 백두산이다.

3. 산이 극히 높아서 산마루에 사계절 언제나 빙설이 희게 덮여 있기 때문에 백두산이란 이름이 생겼다는 것이다.

그리고 백두산의 다른 이름도 많은데 太白山, 長白山, 불함산, 개마산 등으로 그 뜻은 곰, 크게 밝은 산이라는 것이다.

이처럼 산 이름이 모두 외형상 산의 색깔과 형상에서 유래했다는 것을 알 수 있다. 이러한 외형상의 산 이름 유래와 달리 우리 민족의 정신적, 상징적 의미를 白頭山이름에 더 부여하고 싶다.

결론부터 이야기하자면 하늘의 자손인 한민족의 제정일치사회의 제천행사와 농경문화와 관련한 샤머니즘에서 연유하여 백두산(白頭山)이란 이름이 생겼다고 나름대로 생각한다. 단군께서 가을이 되면 제천행사를 위하여 하늘에서 가장 가까운 山(산) 즉, 가장 높은 산에 올라가 신에게 올릴 제물인 햇곡식으로 빚은 신성한 술잔 白(백)자와 농경문화를 대표하여 신에게 바치는 소의 머리 頭(두)자가 합쳐진 산 이름이 바로 민족의 성산인 백두산인 것이다.

우리나라 많은 산 중에서 높은 명산들은 白(술잔)자 들어있는 이름이 많고 이들 산에서는 술과 고기를 올리는 제천행사를 했던 곳이라고 미루어 짐작할 수 있다.

강원도 태백산(太白山) 이름은 클 태(太)와 술잔 백(白)이 합쳐 이루어진 산 이름이다. 즉, 아주 큰 술잔을 올렸던 명산이다. 오늘날에도 태백산 정상에 있는 천제단에서 제천행사를 하고 있으며 이 때 하늘에 올릴 대표 음식으로 큰 술잔과 고기를 올린다.

또 소백산(小白山)의 두레골 순흥 마을의 산신당에서는 정월 보름에 제사를 지내는데 꼭 소를 잡아 올렸다는 이야기가 있다.

백두산에 관련하여 '규원사화'에 따르면 단군이 고시 씨를 우가(牛加)로 삼아 곡식을 주관하게 하여 태백산록에서 좋은 날을 정하여 흰 소를 잡아 머리를 제물로 드린다고 하여 백두(白頭) 즉, '소의 머리에서 비롯되었다'라고 되어 있다.

그리고 고대 부여는 하늘에 제사를 지낼 때 소를 잡아서 그 발굽으로 길흉을 점치는 풍습이 있었다.

한편 중국 당 태종 때 '토원책부(兎園策府)'란 책 내용의 주석에는 고조선의 풍속으로 10월에 제천행사인 무천이 열렸고, 출정에 앞서 소를 잡아 발굽의 형상으로 길흉을 점치던 우제점(牛蹄占)이 있었다는 기록도 있다.

이러한 제천행사와 농경생활 역사로 인하여 우리는 가끔 음식을 먹기 전에, 먼저 고마움의 표시로 음식의 일부를 던지며 '고시-네' 또는 '고시-래(來)' 하곤 한다.

이것은 농업의 신(神)인 '고시'가 와서(來) '먼저 음식을 드십시요' 하는 것이다. 그리고 고대 제천행사 때 제물이었던 소를 끓여서 나누어 먹었던 것을 선농탕이라 했다. 오늘날 우리들이 먹는 설렁탕이 바로 이 선농탕에서 비롯된 것이다.

이렇게 백두산이 제천행사에서 산이름이 유래했고 우리민족의 최초 음주문화는 신과 함께하는 백두산에서 시작되었다.

따라서 白頭山은 신과 인간의 교류공간이며 그 이름에 우리 민족의 정신적 단결력과 공동체 의식이 농축되어 숨 쉬고 있는 것이다.

특히 백두산 천지(天池)는 민족정기의 심장으로서 백두대간 (白頭大幹)은 남쪽으로 힘차게 뻗어 지리산까지 그 기운이 흐르고 있고, 북쪽으로는 장백산맥(長白山脈)을 타고 우리민족의 정기(精氣)가 영원히 흐르고 있다.

백두산

4. 제천행사의 제물은 술과 소

고대 제천행사는 부여의 영고, 동예의 무천, 고구려의 동맹 등이 있는데 이러한 제전에서 밤낮으로 술을 마셨다는 기록이 있다. 이렇게 하늘에 추수감사제를 지내는 것은 하늘에서 내려온 천손민족의 자의식에서 나온 것이다.

옛날부터 시대와 관계없이 그 형식은 달리하면서도 토템이나 숭배자에게 바친 제물을 공동으로 먹는 의식은 면면히 이어졌다. 제물은 수렵사회에서는 수렵 대상인 동물이고, 농업사회는 농업과 연관된 가축인 소와 곡식으로 빚은 술과 떡 등일 것이다.

여기서 제물의 祭(제)는 醊(제)와 같은 자로서 해자하면 술(酉)과 고기(月)를 제단(示)위에다 공손히 올린(又:손의 모양) 글자로 바로 '신에게 제물을 바친다'는 것이다. 특히 物(물)이란

글자는 농경사회에서 가축 중에서 가장 크고 가치 있고 만물을
대표하는 牛(소)와 여러 색의 깃발이 높이 세워진 모양인 勿(물)
이 합친 형성문자로서 어떤 행사를 알리는 깃발의 뜻을 함께
나타낸다.

또한 牛(소)가 여러 색(勿)이 섞여 있으므로 얼룩소를 뜻하고
그리고 소(牛)가 쟁기(勿:쟁기모양)를 끌어 밭을 갈고 있는 형
상이다. 따라서 얼룩소가 경작하여 수확한 곡식으로 빚은 술이
신에게 바치는 최고의 제물일 수밖에 없다.

이러한 제물은 신과 인간이 함께 마시며 신명(神明)을 드러낼
때 쓰는 최고의 선물이다. 인간과 신과의 만남은 술을 매개체
로 하여 어우러지고 이 동안에 음주와 가무를 즐기게 되는 것

이다.

　고대인들은 제천행사 때 술을 마심으로써 인간의 감각과 이성이 마비되어 자신도 모르는 사이에 황홀한 경지에 몰입하게 되는 음주효과를 초자연적인 힘에 의한 신(神)과 인간(人間)이 융합되는 경지에서 오는 신비로움으로 생각한 것 같다.

　고대인들이 술을 마시고 기분이 좋아질 바로 그 때에는 하늘의 신이 자기 몸속에 들어왔다고 생각했을 것이고 이와 반대로 술을 많이 마셔 몸이 아프고 고통이 일어날 바로 그때에는 당연히 사악한 신이 몸속으로 들어왔다고 생각했을 것이다.

　따라서 고대인들은 음복에서 시작하여 술을 많이 마셔서 몸이 괴로움을 경험한 사람이 있었다면 그 이후에는 술의 적당량으로서 최적의 기분으로 마음을 정화했을 것이며 절대로 술로 인하여 마귀가 몸속으로 들어오지 못하도록 과음을 경계했을 것이다.

　한편 제천의식에서 행해지는 소리와 춤 그리고 주문과 가면놀이들이 바로 원시종합예술이다.

　현대인들은 무슨 행사다, 어떤 축제다, 우리 모임이다 하면 대부분은 술 마시러 간다는 생각부터 하는 것은 역사적 제천행사와 관련하여 비롯된 것 같다. 현대에 와서는 여러 행사분위기가 원래 제천행사에서의 음복행위와는 달리 술판과 춤판이 잘못 벌어지기도 한다.

문화(cultus)란 것이 경작(cultivation)과 종교의식(cult)이 어원이듯이 술은 신과 인간이 하나가 되고, 인간과 인간 사이에 진실을 운반하는 신성한 선물이었다.

5. 음주(술잔) 문화

음주 문화의 핵심은 사람과 사람 사이에서 술잔이 어떻게 흐르는가에 있다. 술잔에 마음을 어떻게 전하는가에 따라서 다르다. 지금까지 알려진 대표적인 음주문화를 대략 소개한다.

1. 자기 술잔에 직접 따라 마시는 독작(獨酌)이 있다. 이것은 개인주의와 합리주의가 일찍부터 발달한 서양인들이 즐겨 마시는 것으로서 오랫동안 유럽에서 꽃 피워온 음주문화이다.

2. 서로 술을 따라 놓고 다 같이 마시면서 건배하는 대작(對酌)이다. 이것은 중국이나 러시아 동구권에서 전통적으로 내려오는 음주문화로서 건배를 하고 마신 뒤 빈 잔을 보여주고 상대방이 술잔을 비울 때까지 기다린다. 그렇지만 강제로 술을 권하지는 않는다.

3. 술잔을 주고받거나 술잔을 돌려 마시는 수작(酬酌)이 있다. 수작문화에 있어서 술잔의 순서에 따른 술잔의 이름을 보면 맨 먼저 주인이 손님을 맞아 들여 처음 권하는 술잔을 헌(獻)이라 하고 이 잔을 받은 손님이 다시 주인에게 권하는 잔을 작(酌)이라 하며 또 다시 주인이 손님에게 권하는 잔을 수(酬)라고 한다. 그러므로 주인과 손님이 정답게 말을 주고받으면서 술잔을 주고받는 것이 수작이다. 또한 수작의 유래를 임금의 하사주(下賜酒)에서 비롯된 것이라는 의견도 있다.

어쨌든 우리나라의 가장 특징적인 것이 수작음주문화이다. 이것은 수작음주를 통하여 그들 공동체를 신체적 정신적으로 연결하는 결속행위에서 연유하는 것이다.

예를 들어 포석정에서 군신이 술잔을 띄어 돌려 마시는 것이나 조선시대 보부상들이 큰 바가지에 술을 부어 다 함께 돌려 마셨던 것이 바로 조직의 결속을 위한 의식이었다. 술은 차례로 돌아가기 때문에 못 마시는 사람도 입술만 대는 것이었다.

이러한 수작음주문화의 발달은 유교문화 속에서 '우리'가 필요 하였고 농경사회에서 일심동체를 다질 필요가 커졌으며 특히, 제사문화에서 음복의식이 체질화되어 있었기 때문인 것으로 짐작된다.

이후 1980년대 군사정권부터 전통적인 수작문화가 완전 변질되고 왜곡되어 큰 술잔에다 여러 가지 술을 섞어 마시는 '폭탄주'가 생겼다.

그 종류와 그 이름도 원자탄주, 수소탄주, 중성자탄주 등 여러 가지이다. 보통 폭탄주는 맥주에 양주를 탄 것이고, 금테주는 이온음료에 양주를 탄 술잔이며 또한 술잔에 이름을 붙여서 상급자가 하급자에게 내리는 충성주, 속주는 말 그대로 속전 속결, 대학에서 선배는 작은 잔에서 저학년일수록 큰 잔으로 이어지는 내림주, 대학 신입생들이 큰 사발 등으로 막걸리나 소주를 부어 마시는 신고주, 고교생들이 수능시험 백일을 두고 마시는 백일주 등 수없이 많다.

이러한 폭탄주로 인하여 우리나라가 '핵보유국가'라는 말까지 나오게 되었다.

사실 폭탄주는 알코올 10~20% 정도가 되며 이 농도는 인체에 가장 빨리 흡수되고 폭탄주 제조 시 생성되는 탄산가스가 흡수를 촉진하기 때문에 빨리 취하게 된다.

원래 폭탄주는 1920년대 미국에서 금주법이 시행되던 시기에 '보일러 메이커(boiler maker)'라 하여 탄광, 벌목장, 부두 등지에서 노동자들이 즐겨 마신 것이며, 영국과 독일 등지에서도 알코올 중독자나 싼값으로 취하고 싶은 사람들이 폭탄주를 마셨던 것이다. 우리는 현재 이러한 위험한 폭탄주를 수작음주 상태에서 마시고 있는 것이다.

6. 대폿잔은 공동체 확인 행위

시골마을에는 공동체와 친목을 다지기 위해 농사일이 끝나면 함께 술을 마시며 노래하고 춤을 추며 즐긴다.

옛날부터 다 함께 마시고 즐기는 일명 '공음(公飮)'은 일심동체 관념이 내려오는 음주행태이다. 공음은 우리의 대포문화의 전통을 보여준다. 술을 나누어 마시며 의리(義理)를 다지고 그 공동체 운명을 확인하는 술잔이 바로 대포(大匏)이다.

〈시경〉에는 "술 마시는데 바가지를 잔으로 쓴다"고 하였다. 큰 바가지 술잔을 대포라 하는데, 포(匏)란 박 따위로 만든 술잔을 말한다.

여러 사람이 함께 술을 마시는 공음은 바가지가 가장 알맞다. 실제 경주 안압지에서 예기(禮器)의 술잔으로 쓰였던 커다란 복숭아 모양의 큰 잔인 도포(陶匏)가 출토되었다. 옛날부터 한

말들이 대폿잔을 만들어 두고 돌려 마시며 공동체의식을 다지는 의식을 갖고 있었다.

조선시대에는 새로운 관원이 부임하거나 공회(公會) 등 모임이 있으면 서로의 이질요소를 없애고 화합하는 뜻에서 대폿잔으로 술을 돌려 마시는 의식이 제도화 되어 있었다. 그 대폿잔 이름으로 사헌부는 아란배(鵝卵杯), 예문관은 홍도배(紅桃杯), 성균관은 벽송배(碧松杯) 등이 있다 .

역사적으로 대폿잔 돌리기로 유명한 것은 보부상이었다. 보부상은 지방의 시장을 돌아다니며 일용 잡화물을 파는 행상인들이다. 이들은 일사불란한 단결력과 조직력을 갖고 있었으며 국가 대사가 있을 때마다 활용되었다. 보부상들의 대포 음주습속은 중요한 결속의식의 하나였다. 그래서 그들은 모였다 하면 반드시 큰 바가지에 술을 가득 부어 돌아가며 마셨던 것이다.

이렇게 생사고락을 같이 하는 사이를 대포지교(大匏之交)라고도 한다. 대포지교에서의 군음(群飮)은 귀천이 없으며 일정한 형식이나 절차 없이 술을 돌려 마시며 노래도 하는 것이다.

사실 대폿잔에 입을 대어 돌려 마시는 것은 일심동체를 다지는 가장 효과적인 의식인 것이다. 이러한 대폿잔의 돌림 술이 변화된 것이 바로 수작문화인 것이다.

이리하여 현대사회도 각종 회식에서 술잔을 돌리고 주고받는 수작문화가 성행하고 있는 것이다.

7. 음식은 약이요 술은 양념이다

우리 조상들은 음식을 알맞게 고루고루 먹는 것이 가장 좋은 약이고 병을 예방하는 방법이며 그리고 병은 음식을 잘못 먹는 데서 생겨난다고 믿었다.

동의보감에서도 음식이 바로 약이고 음식을 바르게 먹는 것이 바로 의(醫)의 행위이므로, 병이 나면 먼저 음식으로 다스리고 다음에 약을 쓰는 것이라 하여 음식의 중요성을 강조하였다.

이것이 바로 약식동원(藥食同原)이라는 우리의 음식관이다. 술은 역시 특별한 음식이며 음식의 양념이다. 약념(藥念)이란 것은 무슨 음식이든 간에 약(藥)이라 생각(念)하고 조금씩 넣어 참맛을 낸다는 것이다. 사실 옛날부터 남은 술은 식초로 만들어 양념으로 하였으며 특별한 음식을 위하여 술은 좋은 양념으로도 종종 사용되고 있다.

또 동의보감에서도 '추위를 물리치고 혈액순환을 좋게 하며 신진대사를 돕고 약 기운을 끌어주는 데는 술처럼 좋은 것은 없다'고 하여 술을 약이라 생각했다. 특히 갑자기 정신을 잃거나 뇌빈혈로 쓰러지거나 심한 충격을 받았을 때 술을 먹이게 한다. 이리하여 술을 '백약 가운데 으뜸이다(百藥之長)' 그리고 '술은 하늘이 내린 아름다운 녹(祿)이다'라고 하였다.

그러나 정반대로 이 약이 남용되면 '술은 사람을 미치게 하는 광약(狂藥)'이라 하기도 한다. 그래서 옛말에 '적당히 곱게만 마신다면 오죽 좋으랴만 술이 술을 마시게 될 때는 미치고 마는 것이니 그 이름에 잘못은 없지 않는가'라 했다.

8. 수리사상과 술은 홀수로 마신다

주불쌍배(酒不雙杯)란 말을 많이 하고 있다. 즉 술자리에서 술을 마실 때 술잔은 짝수로 마침을 싫어한다는 것이다. 곧 1, 3, 5, 7과 같이 홀수로 마실 것이지 2, 4, 6과 같은 짝수로 마시지 않는다는 말이다.

우리가 매일 많은 숫자 속에서 살아가는데 과연 그 숫자는 무슨 뜻일까?

일상생활에서 전화번호나 계좌번호를 기억하고 그리고 주민등록번호, 자동차번호, 우편번호 등 매일 숫자생활을 하는데 숫자의 근원을 알아보자.

현재 가장 널리 사용하는 아라비아 숫자는 기원전 300년경 인도의 숫자가 그 기원이라고 한다. 원래 숫자는 고대인들이 원초적으로 자신의 몸에 대한 자각으로부터 나온 것이라 하며 바로 그들의 신체기관의 형상화에서 출발한다는 것이다.

이러한 전제하에서 아라비아 숫자를 인체상형과 연관하여 풀이하여 본다면

1은 인체의 찢어진 눈

2는 귓바퀴의 모양으로 귀

3은 밑에서 본 두 콧구멍으로 코

4는 옆에서 본 입술모양으로 입

5는 바로 중심에 있는 형상인 심장

6은 길게 감아서 둘러진 형상인 창자

7은 발기한 모양인 성기

8은 두 발자국 모양인 발

9는 몸통에서 뻗어 나온 모양인 팔

0은 이 모든 것을 다 수용한 마지막 구멍의 상형 바로 똥구멍이다.

또한 한자 숫자를 갑골문에서 인체상형과 연관해서 풀이하면

一은 옆으로 길게 찢어진 인체에서 세상을 보는 눈이다.

二는 가운데가 통로 구멍으로 소리를 듣는 귀이다.

三은 두개 구멍과 3개의 벽을 가진 형상으로서 대우주와 인체의 소우주를 연결하여 숨 쉬는 자신을 상징하는 코이다.

四는 입을 벌려 이빨을 드러낸 입의 모양이다.

五는 위와 아래를 표시 二 의 가운데 ×가 있는 형상으로 인

체의 중심에 있는 심장이다.

六은 二아래에 乙가 있는 형상으로 위장이다. 그리고 六은 기(氣)의 옛글자라 한다. 기(氣)라는 글자는 배속에 곡식(米)이 들어있는 모양이므로 바로 창자이다.

七은 곳곳하게 발기한 남근이 음부 속으로 들어가 결합된 상태의 모양이므로 성기이다.

八은 바로 사람의 두 발이다.

九는 등뼈를 중심으로 한 몸에서 나와 있는 팔이다.

十은 세로 ㅣ항문에 둥근 까만 점•이 찍힌(똥) 형상으로서 똥을 누고 있는 상태로서 바로 똥구멍이다.

따라서 홀수는 모두 그 기능에 있어서 밖으로 향하여 양(陽)이 되고, 짝수는 그 기능에 있어 전부 안으로 받아들이는 일이므로 음(陰)이 된다.

피타고라스학파도 모든 짝수는 여성시하고 모든 홀수는 남성시했다.

그리고 피타고라스는 숫자에 우주의 심오한 의미가 숨어 있다고 생각하여 숫자에 상징적 의미를 부여했다.

1은 이성, 신, 통일, 태양이며

2는 가분성, 견해, 사교성, 달이고

3은 1과 2를 합친 수로서 모든 실재를 가리킨다고 했다.

신비주의가 유행했던 중세시대 숫자 1은 조물주, 원동력, 왕,

우두머리, 아버지 등을 가르킨다.

우리 민족은 특히 짝수보다는 홀수를 좋아하는데 그 중에서도 3이다.

원래 두 콧구멍 형상인 3은 양인 수 1과 음인 수 2가 최초로 결합된 숫자로서, 음과 양의 조화가 비로소 완벽하게 이루어져 완성, 안정 조화, 변화를 상징하고 있는 것이다. 또한, 코의 형상인 三은 역시 양(一)과 음(二)이 최초로 결합한 수로서 음양이 결합된 최상의 행운과 복이 있는 수이다.

그래서 전통혼례에서 신부가 2번 절을 하는 것은 음을 뜻하고 신랑이 1번하는 것은 양을 뜻하는 것이므로 남녀의 차별에서 신부가 2번하는 것은 아니다.

이러한 수리사상으로 인하여 주민등록번호 부여에서도 앞쪽은 생년월일을 기재하고 그 뒤 번호는 남자이면 양인 수 1이나 3으로 시작하고, 여자이면 음인 수 2거나 4로 시작한다.

특히 우리민족은 양의 수가 두 번 겹치는 것을 아주 좋아하는데 1·1(설날) 3·3(삼짇날) 5·5(단오) 7·7(칠석) 9·9(중양절) 등 모두 1, 3, 5, 7, 9 홀수(양)로 이루어진다. 이래서 술을 마시는 장소에서도 술잔이나 술병도 세어보고 일, 삼, 오, 칠, 구 홀수에 맞추는 경향이 있다.

그런데 술자리에서 홀수를 빙자하여서 술을 마시다가는 결국 그들 모두 과음하게 된다. 사실 음주량은 사람과 술잔 수에 의

하여 결정되는 것이다. 절대로 딱 떨어지게 홀수로 끝날 수 없기 때문에 사회적으로 음주남용의 한 요인이 되고 있다.

9. 최적음주방법은 7·3·7(7부 3잔 7음)이다

술을 마시던 마시지 않던 상관없이 누구나 술을 알고 다스리는 방법을 터득해야만 인생에서 건강과 성공에 도움이 된다.

술에 관한 한 그 건강한 음주방법은 7부 3잔 7음 하는 것이다.

술잔 7부는 계영배의 교훈과 실용에 따른 것이고 3잔 7음은 인간의 최적음주량과 생체리듬의 조화를 바탕으로 한 것이다. 특히 7·3·7은 생명과 행운의 수리사상에서 기원하여 조합되어 어우러진 인간의 수리생활습관에 따른 것임을 알려둔다.

수리사상에서 나타나는 3과 7에 대한 이야기는 뿌리가 깊다. 고대로부터 전해오는 신화 속에서나 인간의 종족보존과 후손의 번창을 기원하는 인간의 생활관습에서도 많이 나타난다. 단군신화에서 곰이 사람으로 변하는 특별한 수가 三·七(21일)일이고, 칠성당에 가서 삼신할머께 빌고 비는 것은 아기를 갖게 해 달라는 것이다. 아기가 출생한지 7일이 3번인 삼칠일(세 이레)을 지내는 습속이 있었다.

현대 의학에서도 사람이 임신한 날로부터 3·7일이면 태아 의 심장이 뛰기 시작한다고 한다.

조상의 산소 앞에 세우는 돌기둥이란 망주석(望柱石)이 있는 데 이것은 남근모양 즉 7의 형상이다.

고대 잉카문화의 도자기를 보면 남자의 성기모양을 얼굴 코 에다 우둑하게 새겨 놓았는데 이것 역시 생명창조의 뿌리라는 숭배사상이 보편화되어 있었다는 것이다.

이리하여 이를 음주량과 음주방법에도 수로서 나타낸다면, 최적 음주방법은 7·3·7이다. 넘치지 않는 7부의 술잔으로 생 명의 상징인 적당한 석 잔을 사랑과 행운의 신비하고 성스러운 수인 일곱 번(7)으로 나누어 마실 것을 수로서 표현한 것이다.

나아가 3이 겹치거나 7이 겹치는 수는 어떨까.

먼저 3이 겹친 33을 가장 완벽한 수이자 강력한 전체성을 상 징한다고 한다. 이러한 전제하에서 보면 불교에서의 도리천(도 리: 33을 뜻함)은 33천이라고 부르고 경주 불국사 극락전에 올 라가는 계단이 33계단이다. 그리고 신라 화랑이 33인이었고 고려시대부터 과거 문과 정원이 33명이었으며, 한말의 보부상 발기인이 33인, 3·1운동 독립선언 민족대표가 33인이다. 또 한 조선시대에 사대문 개방과 통행금지 해제를 알리는 종을 33

번 울렸다. 새해 첫날이나 기념행사시에 서울의 보신각을 비롯한 여러 곳에서 종을 33번 울리고 있다.

또한 7이 겹치는 77 역시 좋은 것이 된다. 견우와 직녀가 사랑을 하는 날이 바로 7월 7석이고 한때 술집에 77번 아가씨가 있었고, 술을 모르고 시킬때 세븐 세븐이라고 하면 최고급 술이 나온다. 오락 게임에서도 7777이 나오면 돈이 나온다. 행운의 수가 겹친 77세를 희수(喜壽)라고 하여 기쁜 나이다. 그리고 좋은 곳에 사람으로 태어나기를 비는 七七齋(49재)를 올리면 후손에게 복을 주게 된다는 것이다.

따라서 3잔 7음이란 두 수의 조화로서 그 오묘하고 신성한 뜻이 있는 것이다. '활인심방'에 따르면 '술이 석 잔이 지나면 오장이 상하고, 본성이 산란하고 발광한다'고 하였다. 만약에 석 잔이 넘어서 유혹하는 4잔의 수는 불길한 징조를 예고한다. 그 불길한 징조에 대해서는 이 책 〈21. 유혹의 잔은 미련 없이 버려라〉에서 이야기한다.

어떤 술이든 반드시 그 술에 맞는 술잔에 중용의 양 7부로 따를 것이며 최적량 3잔을 넘지 않으며 이 양을 천천히 7번으로 끊어 마시는 것이 최적 음주 방법이 된다.

10. 주법(酒法)

사람들은 영웅호걸들의 술 이야기나 주량 등을 이야기하면서 주법, 주례, 주도를 말한다. 이 세 개념은 술에 대한 근본은 같으나 그 뜻은 각각 달리한다.

주법은 술을 빚는 일부터 술을 마시는 방법에 이르기까지 사람사이와 주기(酒器) 등에 대하여 지키는 법이다. 주례는 음주절차에서의 예절이며 주도는 술에 대한 일체의 도(道)이다.

따라서 이 세 개념은 중복되어 동시에 일어나지만 시간적으로는 주법→주례→주도의 순으로 나타난다.

주법은 예부터 내려오면서 생긴 술에 대한 법이다.

먼저 주법은 술자리에서 스스로 깨어있어야 한다. 통상적으로 주법은 술자리에서 인사를 나누고 자기 자리에 위치하여 그 술에 맞는 술잔에 술이 채워지면 비로소 잔이 만나는 건배가 시작된다.

건배는 그 자리 만남의 뜻을 대표가 널리 알리고 일제히 잔을 들어 그 뜻을 재창하면서 하늘에 고한 후, 술잔을 비우고 난 뒤 박수로서 확인한다. 원래 건배란 마를/하늘 건(乾)과 잔 배(杯)로서 '잔을 높이 들어 다 말린다(비운다)'는 뜻이다. 흔히 악수는 신체적 무장 해제의 표시이며, 건배는 마음의 무장해제라고 한다.

옛 농경사회에서 산업사회로 변하면서 주법도 변화되었다. 현대는 경제 수준이 높아지면서 술이 범람하는 사회이다. 자신의 취기를 맞추기 위해서 모임에 늦게 오는 사람에게 후래삼배라 하여 억지로 석 잔 술을 마시게 하고, 술잔은 차야 맛이라며 가득 채우는 것은 주법에 맞지 않는다.

주법이란 술에 대한 법이요, 그 근본은 절주와 금욕에 있다. 즉, 주법에 의하여 빚어진 술과 그 술에 맞는 잔과 음식을 통하여 술과 사람사이에 행해지는 일체의 법이다.

이러한 주법과는 상관없이 우리의 술 인심은 과하다. 술자리에서 아는 사람을 만나면 술 한 잔을 권하고 합석도 하고 또 술에 취하여 친구를 불러내고 동네사람도 불러서 만취하는 경우가 있다. 아무튼 주법은 술자리의 질서와 조화 속에서 스스로 최적 주량을 조절하며 즐겁게 마시는 것이다.

II. 주례(酒禮)

주례는 술을 드리는 절차적 예다. 주례에서 사람의 인격과 인품을 알 수 있으며 또 술을 어디서 배웠으며, 어떻게 마셨는지, 그 지방의 음주문화도 알 수 있다.

옛 음주론에서 '꽃에 취하기는 낮이 마땅하며, 취하여 흥겨우면 곱게 부름이 마땅하다. 취하여 헤어질 때 절도가 있어야 한다. 선비가 취함에는 지나친 음악을 삼가고 정신을 잃지 않아야 하니 절주가 예(禮)요, 깨어있음이 법(法)이다' 라고 했다.

원래 주례는 어른에게 음식을 공양하는 예의절차를 밝히면서 술을 마시는 향음주례를 말하며, 이는 옛날 향교나 서원에서 가르쳐 왔으며 지금은 성균관 명륜당에서 행하고 있다.

주례의 근본적인 내용은 아래와 같다.

1. 의복을 단정하게 입고 끝까지 자세를 흩트리지 말 것.

2. 음식을 정갈하게 요리하고 그릇을 깨끗이 할 것.

3. 행동이 분명하여 활발하게 걷고 의젓하게 서고 분명하게 말하고 조용히 침묵하는 절도가 있을 것.

4. 존경하거나 사양하거나 감사할 때마다 즉시 행동으로 표현하여 절을 하거나 말을 할 것 등이다.

〈소학〉에서는 술자리에 들어갈 때 어른이 맨 앞에 서고 다음에 차례로 줄을 서서 들어가서 어른이 먼저 앉은 다음에 차례로 제자리에 앉아야 한다. 그 차례는 일반적으로 나이나 인격 순이나 관청에서는 높은 직급 순이 된다.

술잔은 먼저 어른에게 올리고 어른이 술잔을 주면 반드시 인사를 하며 두 손으로 받는다. 이때 비록 술을 마시지 못해도 받아서 마시는 태도를 보이고 거부하여 위화감을 조성하지 않도록 분위기를 맞춘다.

그리고 어른이 마신 뒤에야 비로소 잔을 비우며, 어른 앞에서는 술을 마시지 못하는 것이므로 돌아앉거나 상체를 뒤로 돌려 마시기도 한다.

옛날에는 술을 따를 때 도포 소매가 음식에 닿지 않도록 왼손으로 옷을 쥐고 오른손으로 따른다. 이런 연유로 현대인들도 소매가 없는 옷을 입고도 왼손을 오른팔 아래에 대고 술을 따르고 있는 것이다.

특히 주례는 음식을 골고루 나누어 먹으면서 존경하고 감사하는 예를 갖추어 술자리를 난잡함이 없게 하는 것이다. 따라서 술과 음식을 너무 질펀하게 하지 아니하며, 안주는 자기의 접시에다 덜어다가 먹고, 술잔은 돌리되 잔을 깨끗이 씻어서 술을 권하여 존경심과 친밀감이 전달되어야 한다.

조선후기 이덕무는 〈사소절〉에서 "술이 아무리 독하더라도 눈살을 찌푸리고 못마땅한 기색을 해서는 안 된다"고 하였고 또 "술은 빨리 마셔도 안 되고, 혀로 입술을 빨아서도 안 된다"고 하였다.

박지원의 〈양반전〉에 "술을 마셔 얼굴이 붉게 해서도 안 되며, 손으로 찌꺼기를 긁어 먹지 말고 혀로 술 사발을 핥아서도 안 된다. 남에게 술을 굳이 권하지 말며 어른이 나에게 굳이 권할 때는 아무리 사양해도 안 되거든 입술만 적시는 것이 좋다"고 하였다.

마지막으로 술자리에서 어른이 일어나면 술자리를 끝내고 곧바로 집으로 돌아가는 것이다. 감사하는 마음은 그 다음날 전하는 것이 좋은 것이다.

12. 주도(酒道)

주도는 주법과 주례를 포함하며 풍류사상까지 포괄하는 술에 대한 도(道)이다. 교양과 술에 대한 지식이 없으면 주도(酒道)를 알 수 없다.

주도(酒道)는 술의 근원인 물과 불(알코올)의 본질을 알아야 한다.

음양오행에서 수극화(水克火), 물(水)은 불(火)을 이긴다(克). 술이란 동적으로 위로 올라 불타며 발산하는 불(알코올)과 정적으로 낮은 곳으로 차갑게 흐르는 물(水)의 서로 다른 상극 성질을 동시에 가지고 있는 음양(陰陽)의 기(氣)에서 나온 곡(穀)의 정수(精髓)이다.

원초적으로 불(알코올)은 물에서 생성된 것이다. 즉 술의 뿌리는 물이므로 주도는 물의 도(道)에서 찾는다. 따라서 주도란

물의 도(道)를 정신에 두고 행하는 것이다.

예부터 어느 술자리든 술보다는 먼저 물부터 나오는데 이 물을 현주(玄酒)라고 하였다. 이것은 술의 근본인 물의 뿌리를 잊지 말라는 뜻이다. 물이란 높은 곳에서 천지만물의 더러움을 깨끗이 포용하면서 인간이 싫어하는 가장 낮은 곳으로 흐르고, 자신을 위해 싸우지 않아 허물이 없고 또한 그 본질은 결코 잃지 않는다. 또한 물은 높은 곳에 머물러 있다고 우쭐대지 않으며 낮은 곳에 머물고 있어도 절대 오므라들지도 않는다.

그러므로 주도는 조용히 낮은 곳으로 향하면서 포용하고 부족함을 채워주면서 술기운이 피어나는 감흥을 우아하게 발산하는 것이다. 이러한 주도에서 자연스럽게 피어나오는 것이 풍류이다. 풍류는 주도 속에 녹아 흐르면서 삶의 지혜나 활력을 갖게 하고 가무와 함께 마음의 여유를 갖게 해준다. 풍류는 술자리 다음날 평상심으로 돌아가기까지 그 여운을 남기기도 한다.

〈명심보감〉에서 '주중불어진군자, 재상분명대장부(酒中不語眞君子, 財上分明大丈夫)' 라 한다. 술 취한 가운데도 말하지 않으면 참된 군자이고, 재산상 분명하여야 이것이 대장부이다. 따라서 주도는 물에서 아름다운 꽃이 피어나는 모습처럼 인의예지(仁義禮智)의 덕이 있는 자리에서 피어날 수 있는 것이다.

13. 옛 술집 간판 - 깃발과 부시(BUSH)

　오늘날 간판은 산업과 문명이 발달하면서 그 종류와 형태는 더욱 다양해졌다. 현대 상업사회는 경쟁이 극도로 치열하여 간판의 범람시대이다.

　옛날에 글자를 모르는 사람이 많았을 때 상점에서 물건을 팔기 위해서 파는 물건을 걸어 놓았다. 모자점에는 모자, 도검상(刀劍商)에는 칼, 농기구상에는 삽, 양복점에는 가위를 내걸어 물건을 팔았다.

　그런데 술집이라는 사실을 알리는 가장 확실하고 효과적인 방법은 무엇이었을까?

　고려시대부터 서민들의 술집이 생기기 시작했으며 술집을 알리기 위하여 주기(酒旗)를 높이 달았다고 한다. 주기는 긴 대나무 장대 끝에 포목의 천을 길게 달아 술집의 문 입구에 높이 세웠다. 주기는 옛 그림의 모습과 중국의 자료를 살펴보면 긴 직사각형이거나 긴 이등변삼각형이며 깃발의 색깔은 흰색 및 청색을 많이 사용했으며 깃발에다 '주(酒)' 글자나 술과 관련된 간단한 글귀를 써넣기도 했다는 것이다.

이 주기는 나그네가 멀리서도 술집을 찾아 올 수 있게 한 것이다. 역사적으로 주기에 관련하여 처음 나타나는 것은 고려시대 이규보의 '주막의 깃발' 이다.

'주막의 푸른 깃발이 봄바람에 휘날리니, 멀리서 한번 보면 컬컬한 목 축여지는 듯' 이라는 글귀가 나온다.

또한 주막에서는 술의 상징물인 '용수' 를 장대에 달아서 높이 세워 술집임을 알리며 술을 팔기도 하였다. 용수란 술독 안에 넣어서 막걸리를 얻는 도구이다. 주로 대나무나 칡덩굴의 속대 등으로 촘촘하게 엮인 둥글고 원통형의 바구니이다.

용수 안에 창호지를 덧대면 더 맑은 청주를 얻을 수 있는 것이다. 용수를 지붕 위에 올리고 주막 입구에는 기다란 여러 베 조각으로 늘어뜨려 술집을 표시하였던 것이다.

조선시대 말에는 유리제품이 나오면서 주막 앞에 기둥을 세워 주등(酒燈)이나 남포등을 설치하여 '酒' 자나 주막이름을 써 넣고 저녁 무렵 불을 켜서 주막을 알렸다. 주등에 종이가닥을 여러 개 오려 붙여놓은 집은 술과 국수를 파는 주점이란 뜻이었다.

오늘날에는 가끔 신부의 함이 오는 날 저녁에 사용하는 청사초롱 등이나 상가(喪家) 대문 앞과 골목 어귀 등에 매달아 놓는 등롱(燈籠) 그리고 점집 앞에 긴 장대 위에 걸어 놓은 여러 색의 깃발을 볼 수 있다.

한편 1940년대 만주의 주막이나 여관에는 우리의 용수와 비슷한 버드나무가지로 엉성하게 짠 바구니가 간판으로 사용되었다. 당시 만주에는 많은 조선족들이 살고 있었고 역사적으로 여러 측면에서 우리 문화와 비슷한 점이다.

중국은 당나라 때 주기(酒旗)를 장대 끝에 매달아 문 앞에 꽂아 놓은 것이 주막 표시의 원형이라 한다.

송나라 때 주막의 간판은 글자를 아는 사람이 많았던 남쪽 지방은 널빤지에 문자를 써서 사용하였고 글자를 잘 모르는 북쪽 지방은 상품의 모형이나 상점을 상징하는 물품을 내걸어 간판으로 삼았다.

일본 역시 옛날부터 우리의 용수와 비슷하게 삼나무의 작은 가지를 짧게 잘라 만든 원구 모양을 주막이나 양주장(釀酒場) 간판으로 사용했다. 최고급 술을 만들기 위해 삼나무 잎을 술에 담그거나, 그 목향을 내기 위해 좋은 삼나무 뿌리를 잘라 술 속에 담아 두기도 하였다. 따라서 술에 사용되는 용기는 전부 삼나무로 만들어 사용했으므로 술의 상징으로 충분한 것이었다.

15세기에는 간판보다는 포렴(布簾)이 발달하여 거기에 옥호나 상품을 표시한 것이 나타나 있다. 포럼은 식당이나 가게, 회사 등 입구에 치렁치렁 늘어져 있는 무명천을 말하는데 이것은 고객의 신용을 뜻하며 제품에 책임을 진다는 것이다.

17세기 후에는 여러 간판이 만들어져 간판의 전성시대를 이루어 각종의 형태와 재미있는 간판이 만들어졌다.

영국에서는 포도주나 에일을 양조해서 팔았던 주막에는 긴 봉 끝에 작은 나뭇가지를 다발로 묶어 상점 머리맡에 돌출시켜 놓은 것이 술집의 최초의 간판이었다. 이때 긴 봉을 에일스틱 (Ale-stick)이라고 했다.

그 이후에는 아이비(Ivy : 꽃말은 행운이 함께하는 사랑)나 포도의 작은 가지들을 다발로 묶은 '부시(BUSH)' 라는 표식을 술집 간판으로 사용했다.

그 유래는 아이비 다발을 그리스 주신(酒神) 박카스에게 바쳤다는 전승에 의한 것이며 이후에는 포도나무가지를 사용했다고 한다. 17세기경까지도 영국의 여관이나 술집에서 'BUSH' 가 사용되었다. 이래서 서양 속담에 '좋은 술에 부시는 불요(不要), Good wine needs no BUSH' 가 있다. 이것은 원래는 '잘 팔리는 포도주는 아이비를 내걸 필요가 없다' 는 라틴어 속담이다.

'부시' 는 로마의 목로주점에서 아이비 나뭇가지를 묶어 걸어 놓고 술집간판으로 사용했었던 것에서 유래한 것이다.

덧붙이면 옛날 서구 술집인 '바(bar)' 안 정면에 거울을 부착한 이유는 등 뒤로 무기를 겨누는 사람을 보기 위해서였다.

원래 '바(bar)'는 가로장을 의미하는데, 술집 손님이 말을 매어 놓기 위해 술집 옆에 말뚝을 박고 가로장을 달아 놓은 데서 연유하였다.

14. 주령구(원샷과 러브샷) 놀이

신라 사람들이 잔치 때 흥을 돋우는 놀이로서 주사위를 던져 그 내용에 따라 행동하는 음주놀이 기구로 주령구가 있다.

1975년 경주 안압지 연못 속에서 나무로 만든 우리나라 최초의 주사위 하나가 발견된 것이 주령구이다. 그러나 진품은 습기제거과정에서 전기 과열로 타버렸으며, 그 모조품만이 국립경주박물관에 소장되어 있다.

이 주사위는 참나무로 만든 것으로 직경 4.8cm로 손에 쥐고 굴리기에 적당하고, 총14면체(사각6면과 삼각8면)의 기하학적 구성으로 각 면에는 주로 술이나 춤, 노래와 관련된 내용이 담긴 글을 음각한 '목제주령구(木製酒令具)'이다.

요즘 가득 찬 술잔을 한 번에 다 마시는 것을 '원샷(one shot)'이라 하고 두 사람이 술잔을 든 팔을 서로 꼬아 함께 다 마시는 것을 '러브샷(love shot)'이라고 하는데 이러한 음주행위와 비슷한 내용들이 이 주사위 내용에 있는 것을 볼 때 이미 신라 때부터 있었던 것으로 생각된다.

이 주사위에 새긴 글의 내용은 구체적으로 어떤 행동을 했는지는 고증이 더 필요한 부분이다.

– 먼저 사각형 6면의 새겨진 글의 내용은 –

1. 금성작무 (禁聲作舞) 소리 없이 춤추기
2. 중인타비 (衆人打鼻) 여러 사람이 코 때리기 또는 모든 사람이 가득히 한 잔씩 마시기
3. 음진대소 (飮盡大笑) 술잔 다 마시고 크게 웃기
4. 삼잔일거 (三盞一去) 한 번에 술 석 잔 마시기
5. 유범공과 (有犯空過) 달려드는(장난치는) 사람이 있어도 가만히 있기
6. 자창자음(自唱自飮) 스스로 노래 부르고 술 마시기

– 그리고 육각형 8면에 새긴 글의 내용이다.

7. 곡비즉진(曲臂則盡) 팔뚝을 구부려 다 마시기
8. 농면공과(弄面孔過) 얼굴 간지럽게 해도 가만히 있기 혹은 부끄러운 이야기나 몸짓거리로 좌중을 웃겨라
9. 임의청가(任意請歌) 누구에게 마음대로 노래시키기
10. 월경일곡(月鏡一曲) '월경' 노래 한곡 조 부르기
11. 공영시과(空詠詩過) 시 한수 읊기

12. 양잔즉방(兩盞則放) 두 잔을 빨리 마시고 잔을 돌려라 혹은 술 두 잔을 다른 사람에게 돌려라

13. 추물막방(醜物莫放) 더러워도 버리지 않기 혹은 남은 술 잔을 버리지 말고 다 마시기

14. 자창괴래만(自唱怪來晩) 스스로 '괴래만'이라는 노래를 부르기이다. 혹은 스스로 노래 부르며 기이하게 오기.

특히 '삼 잔일거'는 한 번에 술 석 잔을 마신다는 이 내용은 요즘 말로 하면 원샷(one shot)이다. 그것도 한 번에 석 잔의 원샷이다.

이것은 옛날부터 후래삼배라 하여 술자리에 내려오는 늦게 온 사람에게 주는 벌주 3잔과도 관련되는 듯하다.

그리고 '곡비즉진'은 두 사람이 서로 팔을 꼬아 구부려서 술 잔을 마시는 것으로 짐작하는데 요즘 말로 러브 샷(Love shot) 즉 사랑을 함께하는 잔이다.

또한 '추물막방'은 더러워진 술잔을 뜻하기 보다는 아마 짓 궂게 추태를 부려도 받아 주어야 하다는 의미로 생각된다.

아무튼 당시 왕과 신하들이 어우러져 적당히 취하면 이 주사위 놀이를 청하여 신하들은 짓궂게 왕을 지목해서 노래 한곡과 춤 한자락을 청할 것이고 그리고 왕의 얼굴을 간지럽게 하고, '중인타비' 즉 코를 때리거나 혹은 평등하게 모두 함께 건배를 했을 것이다.

이 주사위로 말미암아 음주가무를 즐겼던 신라인들의 시를 짓는 점잖은 것부터 간지럼까지의 풍류문화, 공동체 문화의 한 면을 알 수 있다.

그리고 이 주사위는 왕이 외국사신이나 신하들과 더불어 연회에서 음주풍월을 위해 사용하던 놀이도구로서 신라인의 멋과 낭만과 풍류를 엿볼 수 있다.

이러한 옛 선조들의 풍류의 멋을 느끼며 오늘날의 분위기에 맞게 주사위 내용을 재미있게 바꿔 놓은 것을 소개해 본다.

1. 모두와 포옹하기

2. 토끼 뜀 한 바퀴

3. 모든 손에 입 맞추기

4. 입 다물고 자기소개

5. 주사위 다시 던지기

6. 코끼리 코 10번 돌기

7. 양쪽사람 팔뚝 때리기

8. 30초간 계속 웃기

9. 눈 가리고 좋은 사람 잡기

10. 손뼉 치며 노래하기

11. 노래 따라 춤추기

12. 머리 위에 물건 놓고 노래하기

13. 엉덩이로 이름 쓰기

14. 좋은 사람 업어주기

이렇게 재미있는 놀이가 한층 전승되어 널리 확산되면 향락 퇴폐적 음주문화보다는 더 즐겁고 건전한 음주문화의 분위기가 조성되어 나갈 것이다.

주령구

15. 경주 포석정은 망국의 장?

우리나라 사적 제1호는 경주 포석정이다. 포석(鮑石)이란 '전복(鮑) 형상의 석물(石物)'을 뜻하며, 돌홈(도랑)의 지름은 6.53m와 4.76m로 타원형이고 수로는 약 22m이다. 수로 너비는 약 30cm, 깊이는 20cm며 높낮이 차는 5.9cm이다.

포석정은 신라시대 유상곡수연(流觴曲水宴)을 즐기던 곳으로 알려져 있다. 유상곡수연이란 일정한 방식에 따라 빙 둘러 앉아 흐르는 물위에 잔을 띄우고 시흥과 취흥을 즐기는 풍류놀이로서 옛 선비들 사이에 애호했던 놀이다.

포석정의 도랑은 술잔 크기와 양 따라 흐름이 다르고 또한 굴곡에서 물이 돌면서 흐르기 때문에 술잔이 언제 올지 모른다.

한 방송사의 실험에서 크고 작은 두개 잔에 2/3정도 물을 담아 포석정 도랑에 띄어 본 결과 작은 잔은 10분 30초정도, 큰 잔은 8분정도 걸렸다.

'포석정관람권' 에는 "927년 경애왕이 잔치를 베풀고 놀다가 후백제 견훤에게 붙잡혀 죽어 신라 천년 역사에 치욕을 남긴 장소이기도 하다"고 적혀있다.

〈삼국유사〉는 "헌강왕(875~885년)대의 태평스러운 시절에 왕이 포석정에 들러 좌우와 함께 술잔을 나누며 흥에 겨워 춤추고 즐겼다"고 하며 〈삼국사기〉는 "927년 12월 후백제 견훤이 영천을 점령하고 경주로 진격해 올 때 신라 경애왕은 적군이 쳐들어오는 것도 모르고 포석정에서 연회를 즐겼다"고 기록되어 있다.

〈동국통감〉은 "경애왕4년(927) 10월에 왕이 신하와 궁녀들과 함께 술을 마시며 즐기다가 견훤군이 입성했다는 말을 듣고 왕비와 함께 황급히 빠져나가 성남의 이궁에 숨었다. 그러나 곧 견훤에게 잡힌 경애왕은 자결(自決)하여 신라의 패망을 재촉하였다"는 기록이 있다.

따라서 포석정이 신라 천년의 찬란했던 영화가 경애왕의 타락으로 허망하게 막을 내린 비운을 상징하는 장소로 알려진 것이다. 그러나 이 기록들은 신라멸망의 당위성과 고려건국의 정당성을 확보하기 위한 것으로 일부 역사학자들은 의문을 제기 한다.

1. 포석정은 유흥의 장소가 아니라 군신의 일심동체에 뿌리를 두는 화합의 제장(祭場)이었던 것이다. 즉, 나라의 큰일을 치룰 때에 일체화의식을 강조하기 위한했던 장소라는 것이다.

2. 포석정이 위치한 경주 남산은 신라 4대성지로서 대신들이 큰일을 논의 하던 곳이라는 것이다.

3. 적군이 25km앞에 있는데 과연 연회를 즐길 수 있었겠는가?

4. 기록상 음력 12월은 한겨울 얼음인데 술잔을 띄웠겠는가?

따라서 경애왕이 포석정을 찾았던 12월은 호국 불교의식인 팔관회가 열리던 시기와 일치하여 호국제사를 포석정에서 열었을 것이라고 추측한다.

그리고 유상곡수연의 유래는 중국 동진시대 3월 3일 절강성 난정에 왕희지 등이 깨끗이 목욕하고 개울에 띄운 술잔이 자기 앞에 올 때까지 시를 짓는 놀이에서 비롯됐으며 이때 시를 짓지 못하면 벌주가 석 잔이었다.

이러한 유래를 볼 때 경애왕의 포석정 12월은 일 년에 한 번음 3월 3일 여는 유상곡수연의 세시풍속이 아니라 팔관회 등 국가의식의 일환이었던 것으로 짐작한다.

이런 연유로 중요한 국가의식이나 제례의식을 마친 후에 그 뜻을 기르기 위한 음식과 함께 음복 행위를 했거나 중요 행사 의식의 장소로 생각된다.

따라서 포석정은 국가적 의식행사를 마친 후 일심동체 화합의 장소이다. 술잔을 띄워 시한수와 함께 마셨던 곳이라 하여 당시의 행사 시기와 전후 사정을 고려하지 않고서 오직 역사 기록대로 술판, 놀자판, 망국의 장소로만 알려지고 있다.

2005년 경기도 양평군이 주최하여 세미원 곡수거를 조성하여 유상곡수연을 할 수 있도록 했는데, 이는 국가행사와는 상관이 없는 듯하다.

16. 중세 대학생활과 음주

우리사회는 해마다 대학 신입생 환영식에서 음주사고가 나고, 그때에 한번씩 언론에서 소리 높여 고발해 왔지만 지금까지도 술에 대한 대책이나 예방교육은 별다른 효과가 없다.

사실 청소년들은 이미 부모나 가족의 음주 그리고 사회의 음주환경이나 대중매체의 술 광고 등에서 어릴 때부터 나름대로 술에 대한 가치관이 자연스럽게 형성돼 있는 상태이다. 이러한 상태에서 학생들은 각종 모임에서 다양한 음주행위로 인한 사건사고도 일어나고 목숨까지 잃는 안타까운 현실에 놓여있다.

중세 유럽 대학생들 음주는 어떠했을까?

유럽의 경우도 17세기 차와 커피가 전래되기 이전에 중세유럽 사람들의 유일한 기호품은 술이었다. 특히 알코올 도수가 낮은 포도주와 맥주는 많은 중세 사람들에게 환영받았다.

따라서 중세 사람들은 언제나 술에 취해 있었으며 16세기는 알코올 중독이 극도로 심한 시대였다. 그리고 가톨릭 사회의 수많은 축제도 으레 술판이 되었다고 한다.

중세유럽 대학생들은 모험과 낭만으로 아로 새겨져 있어 노름과 연애에 빠져 '7년간 배워 아는 것이라곤 당나귀 울음뿐'인 한심한 학생이 적지 않았다.

14세기 영국의 성인 남성은 하루 5천cc정도 에일맥주를 마셨다고 한다. 이때 생긴 에일하우스가 현재의 대중 주점 펍이 되었다. 그 당시 영국 대학생은 '너무 마시고' 프랑스 대학생은 '너무 잘난 체하며 연약하고' 독일 대학생은 '사납고 음탕하다'고 평해졌다.

영국 대학생들은 술잔을 들 때 반드시 '게비아부, 나는 여러분을 위해 축배를 마신다(ge bi a vu, I drink to you)'라고 선언했었다.

중세 영국대학생들의 노래 한 구절을 소개하면

우리는 떠도는 방랑자	Nos vagabunduli,
기분이다, 마시자.	Laeli, jucundali
따라 딴다노 떼이노(후렴)	Tara Tantano Teino

오랫동안 부모를 떠나 하숙비가 떨어지면 거지가 되어 빌어먹었는데 한 가엾은 학생은 얼어붙은 손가락을 입김으로 녹이며 '포도주를 마신지, 세수하고 면도해 본지 2년이나 됐습니

다. 적선 하십시오' 라고 구걸하였다.

특히 본 대학 시절 칼 마르크스는 '밤중에 엉망으로 취하여 다른 사람들의 수면을 방해하는 소란을 피웠으므로 1일간 금족형에 처함' 이라고 수업증서에 쓰여 있다고 한다. 이러하듯 당시 음주 때문에 대학생활은 엉망이 되고, 낭만의 타락자가 되었다.

대학생활을 열심히 하기 위해서는 자녀의 장래음주에 대한 올바른 가치관을 형성하는 것이 무엇보다 중요하다.

대학생의 음주가치관은 언제부터 생겼는가?

이미 아이들은 열 살 정도면 나름대로 술에 대한 가치관이 형성되는 과정에 있다. 그러므로 10세 전후의 어린이가 되면 가정에서 효과적인 음주교육이 자연스럽게 있어야 하고 성장하면서 청소년기가 되면 자기를 사랑하고 존중하는 사상이 형성되어야 만이 음주의 폐해를 최대한 예방할 수 있다.

가장 유의할 것은 음주에 대한 불확실한 지식과 경험을 바탕으로 술의 나쁜 것만을 강조하여 '술을 절대 마시지 말라' 는 것은 위험하며 오히려 나쁜 결과를 초래할 수 있고, 그렇다고 술의 좋은 점만을 말한다면 역시 실패하는 음주 교육이 되어 개인적으로나 사회적으로 많은 음주 문제점을 일으키게 한다는 것이다.

17. 학생 시험공부만 하라

　우리의 자녀는 가정의 행복이고 우리사회의 희망이며 세상의 주인공이 될 것이다. 그런데 현실적으로 일부 학생들의 무분별한 음주로 인하여 많은 사회적 문제가 발생하기도 한다.

　특히 부모님이나 선생님은 공부하는 학생들에게 술은 교육상 나쁜 영향을 미치는 것이 뻔하므로 술이야기를 아예 꺼내지 않는 경향이 있다. 또한 부모들이 자녀의 음주에 대하여 무관심하거나 어설프고 막연한 술 지식으로 나쁜 점만을 강조하기도 한다.

　사실 인간사회에서 술은 사회생활의 윤활유 역할을 하면서도 가장 위력 있는 협상무기로 사용되고 있다. 어떤 사람은 동해 바닷물로도 다 씻을 수 없는 고뇌를 술 한 잔으로 다 씻을 수 있다고 믿는다. 이러한 음주 현실 속에서도 학생들에게는 열심히 공부만을 할 것을 강조한다.

　한 가지 예를 들면, 우리에게 권학시로만 알려진 도연명의 잡
시를 보면 권학내용 앞 구절에 먼저 이웃을 사랑하고 기쁜 일
에 이웃과 술 나눈다는 내용이다.

　즉, 落地爲兄弟(낙지위형제)

　　　　　　세상에 태어나면 모두가 형제가 되거늘

　　何必骨肉親(하필골육친)

　　　　　　어찌 꼭 골육만을 친하리오

　　得歡當作樂(득환당작락)

　　　　　　기쁨을 얻었으면 마땅히 즐겨야 하며

　　斗酒聚比隣(두주취비린)

　　　　　　한 말의 술이라도 이웃을 모아야지

　　盛年不重來(성년부중래)

　　　　　　젊은 시절은 거듭 오지 않고

　　一日難再晨(일일난재신)

　　　　　　하루에 새벽을 두 번 맞기 어렵네

　　及時當勉勵(급시당면려)

　　　　　　좋은 때를 놓치지 말고 마땅히 힘써라

　　歲月不待人(세월부대인)】

　　　　　　세월은 사람을 기다리지 않느니라.

이 시에서 '두주취비린'은 막걸리 한 되(당시 술 한 말)의 적은

양이라도 이웃과 함께 나눈다는 지극히 교육적인 내용이 나온다.

그러나 이러한 내용이 자칫 학교성적에 악영향을 미칠 것은 물론 정서적으로 감정의 변화가 심한 청소년기에 나쁜 영향을 염려해서인지 이 내용은 빼놓고 한결같이 공부하라는 내용만을 강조해 왔다.

이것은 각종 음주로 인하여 신체적 정신적인 황폐화는 물론 음주운전, 사건 사고 등 사회적 문제와 경제적 손실이 심하기 때문에 학생들에게는 이러한 시의 일부인 음주내용을 아예 꺼내서 이야기 못하는 것 같다. 마치 잘못된 성교육이 오히려 잘못된 성관계를 증가시켰듯이 불확실한 음주교육으로 오히려 음주 폐해만을 증가시킬 수 있다.

이러한 현실에서 우리 자녀의 미래 음주 행태는 과연 어떠할까?

정확히 아무도 자녀 미래의 음주행태를 알 수 없겠지만, 지금까지 알려진 가장 확실한 방법은 그 부모의 음주행태를 보는 것이다.

부모가 음주하면 그 자녀도 음주할 가능성이 높고, 부모가 금주하면 그 자녀도 금주할 가능성이 많다. 특히 부모가 골칫거리로 술을 마시면, 그 자녀도 그렇게 마실지 모르고 부모가 술을 분별력 있게 마시면 그 자녀도 그럴 가능성이 높다는 것이다.

어쨌든 자녀들이 살아갈 미래에도 마시든 안마시든 간에 술로 인하여 많은 영향을 받으며 인생을 살아갈 것이다.

18. 조기 음주교육만이 성공한다

고대로부터 종교적, 사회문화적, 의학적인 이유로 인간들은 술을 마셔 왔다. 그러나 음주는 날카로운 칼끝에서 꿀을 빠는 것과 같이 아주 위험한 일이다.

우리 민족은 성년례를 통해 나이 15~20세 사이의 자녀에게 사회적 책무와 성년의 자부심과 용기를 주는데 이때 음주교육도 한다. 성인을 축하하는 의미에서 술잔을 내려주고, 술을 마시도록 허락하면서 술을 마시는 법도와 함께 음주에 대해 경계가 될 만한 교훈도 함께 내린다. 그러나 이미 음주를 하고 있는 상태에서는 술 교육이란 한낱 듣기 싫은 잔소리가 될 뿐이다.

옛날 스파르타 청년들은 담력 훈련을 위해 1개월 동안 공동생활에서 음주교육을 했다. 이 훈련은 힘센 노예를 몰래 잡아 죽여서 많은 노예의 기를 꺾어 반란을 일으키지 못하도록 길들이는 것이다.

청년들은 노예에게 포도주를 실컷 먹인 다음 그가 비틀거리면 그 노예를 공동회식장에 끌고 들어가서 술을 절제 없이 마시게 하고 그 상태로는 어떠한 용맹도 쓸모가 없음을 가르치는 본보기로 그런 꼴을 젊은이들에게 보여준다는 것이다.

특히 음주에 대하여 철학자 플라톤은 "나이 18세 전에는 술 마시는 것을 금하고, 40세 전에는 취하도록 마시는 것을 금했었다. 그러나 40세가 넘은 사람들에게는 취하기를 즐기며 식사할 때 인간에게 쾌활함을 주고 노년에게는 청춘을 돌려주며, 마치 쇠가 불에 물러지는 것처럼 심령의 정열을 무르고 부드럽게 해주는 착한 디오니소스(주신)의 영향을 많이 받으라고 명령한다"라고 했다.

미국 금주법 실패에서 보듯이 술을 못 마시게 하기는 대단히 어렵다. 1882년 이후 미국 공립학교의 술에 대한 교육은 실패했다. 그 이유는 술은 독물, 마약이며 건강과 사회의 적이고, 음주는 부도덕하므로 유일한 해결책은 절대금주였다. 이렇게 겁주기식 교육에 지나치게 치중해서 실패로 돌아간 것이다.

더욱이 청소년들은 어른들이 술을 마시고도 아무 해도 없고, 사악하거나 부도덕하지 않은 부모들이 술을 마시는 것을 무의식적으로 봐오고 있는데도, 이와는 정반대로 술의 부정적인 일면만을 교육했기 때문이다.

또한 술 중독 예방에 있어서도 주로 음주 방지나 최소화에 기초했다. 따라서 술 중독을 도덕적 나약성이나 부도덕한 욕구로 보기 때문에 예방법도 주로 처벌적·훈계적 방법이었고 대부분 법적·종교적인 수단들이었다.

청소년들이 왜 술을 마시게 되는가?

청소년들은 따뜻한 인간관계가 없을 때 일시적으로나마 자신감과 행복감을 얻으려고, 동료집단에 대한 열등감이 심화되어 자기 과시 수단으로 과음할 수 있다.

그리고 주위 사람들에게 자기갈등을 표현하는 수단으로 술을 마시는 경향이 많다. 특히 가정 불행, 좌절감, 우울증, 부모의 무관심, 정신적 불안정으로 인한 청소년 음주행위는 비윤리적·반사회적인 모습으로 표현하는 경향이 있다.

결론은 최초의 술잔은 그 사람에게 가장 영향력이 있고, 존경하는 사람이 음주 교훈들을 술잔에 녹여 몸과 마음속으로 완전히 흡수되게 해주어야 한다.

우리 자녀의 최초 술잔은 일생을 살아가면서 첫 사랑보다도 더 오래 각인될 것이며 그리고 여러 음주문제를 예방하는 평생 면역주사를 맞는 셈이 된다.

19. 고귀한 실험 금주법

주신 디오니소스는 술을 만드는 비법을 이카리오스에게 가르쳐 주었는데, 이 이카리오스가 술을 빚어서 양치기들에게 주었다. 그들은 처음으로 술을 마시고 취하게 되자 자기들은 독약을 마신 줄 알고 이카리오스를 죽였다. 그는 최초의 술의 순교자가 된 셈이다.

금주, 즉 술을 만들지도 말고 팔지도 말고 술을 마시지도 말자는 역사는 오래 되었다. BC 6세기 예레미야는 음주반대운동을 일으킨 사람들을 칭찬하였다고 하며, BC 8세기 한 예언자는 술에 빠진 사람을 '심장을 빼앗긴 사람' 이라 하였다.

먼 옛날 금주운동의 동기는 술이 건강상 해롭다는 뜻보다는 인간의 정상적인 언동이나 양식(良識)을 그르친다는 뜻이 더 강했다.

중세부터 영국에서 음주가 일상화 된 것은 술의 효능적인 매력도 있지만 당시에 술이 물이나 우유보다 안전했기 때문이라는 의견도 제시한다.

이후 18세기에 와서 산업혁명과 더불어 더욱 대중화되었다. 이리하여 술집에서 일하는 창부가 나타나고 술집에서 여흥으로 투견을 하기도 했다.

19세기 와서는 음주가 건강에 해롭다고 확실하게 인식하기 시작하였고 19세기 후반에는 술 생산 중지를 촉구하는 여론이 일어나면서 술 관련 면허를 담당하는 독립관청이 생겨 영업시간을 통제하기 시작하였다. 때문에 허가 주점의 수가 감소하였고 술 소비가 줄어들었다.

그러나 통계는 자료상의 일이고 음주행위와 술집은 도처에서 일반적으로 존재했다. 도시 서민들의 사회적 집합소였던 술집 자체를 근본적으로 통제할 수 없게 되자 금주운동은 사라져 버렸다. 세계적인 관심을 불러일으킨 가장 흥미 있는 것이 미국의 금주법이다.

영국의 식민시기 당시 미국인들의 술에 대한 인식은 '정기적으로 술을 마셔야 건강에 좋다' 는 무조건적인 신념이었다. 술을 신의 선물로 간주하였기 때문에 술집이 사회의 중심지였고 금주자를 오히려 이상한 사람으로 여겨졌던 것이다. 어린아이들까지 부모들과 함께 술을 마셨다.

그리고 한때는 교회, 시청, 법원에서도 술을 팔았다. 그렇지만 만취가 허용되지 않는 사회적 통제가 있었다. 19세기 말까지도 미국의 술집은 공격적이고 반사회적인 행동이 허용되는 분위기였다. 그러나 산업발전, 도시화 등의 **빠른** 사회변화와 사회갈등이 심화되면서 알코올 남용이 비난의 대상이 되어 가면서 만취는 점차 덜 허용적으로 되어 갔던 것이다.

더욱이 미국 이민사회가 복잡해지면서 알코올에 대한 허용적 입장과 불허적 입장은 증폭되었다. 이리하여 금주를 찬성하는 집단들은 금주에 대한 책, 팸플릿, 포스터, 교육 자료들을 무진장 공급했고, 이것이 나중에 유명한 미국의 '금주법'을 통과시키는 기초가 되었다.

당시 금주 내용은 음주와 알코올 남용을 구분하지 않았으며, 금주자는 덕을 가지고 축복을 받는 자, 음주자는 죄를 지어 비참하게 되는 자로 설명되었다.

금주운동의 목표는 '주류 판매 양조의 금지'였다. 그 결과 1855년에는 13개주가 금주법을 시행하여 보았으나 남북전쟁 후 모두 폐기되었다가 이후 새로이 금주운동이 시작되어 1916년에는 23개주가 금주운동을 본격적으로 시작하였다.

더욱이 1차 세계대전 당시 미국 정기항로선 루시타니아호가 전범 독일의 야만적인 공격으로 침몰당하면서 독일인에 대한 증오심이 얽혀 금주운동가를 자극하게 되어 금주운동은 더욱

격렬하게 번지게 되었다.

이런 상황에서 미국은 1917년 4월 6일 전쟁에 참전했고, 이때부터 전쟁을 수행하기 위한 식량을 통제하기 위하여 우선 증류주 제조가 중단되었고, 맥주 양조가와 포도주 사업자에게는 엄격한 제재가 따랐다. 전시 식량통제권을 부여받은 윌슨 대통령은 그해 12월 맥주의 알코올도수를 2.75%까지 낮추도록 명령하였다.

1919년 1월 16일. '주류 판매 및 양조금지'의 금주법이 비준되었고, 1920년 1월 19일 효력을 발생하게 되었다. 법률안은 미국 본토와 미국 재판권이 미치는 모든 지역에서 주류의 제조, 판매, 운반이 금지되며 상기지역으로의 수입과 동지역으로부터의 수출도 금지한다는 내용이었다.

이 법의 소식에 전도사는 "가거라, 보리 옥수수 군이여. 너는 하나님의 제일 못된 원수요, 지옥의 친구였다. 눈물이 다스리던 시대는 갔도다!"라고 외쳤다. 독일인에 대한 증오심이 금주운동가들에게는 승리를, 양조가에게는 파산을 가져다주었다.

그러나 금주법 시행결과는 오히려 악의 온상을 제공하는 악법이 되어 무법의 광란 1920년대가 탄생했다. 금주법은 금주주의자들의 낙관적인 이상에도 불구하고 사실상의 음주를 막지 못했고, 밀주가 양산되었으며 조직범죄, 폭력, 정치적 타락이 극도에 달했다. 미국 하딩대통령 정부의 잇단 정치적 비리사건과 술의 밀수, 밀매하는 갱 조직들, 무허가 술집과 가짜 술이 날개 돋친 듯 팔렸으며 오히려 금주법 시행 전보다 술 소비량이 증가된 기현상이 나타났고 마리화나 사용자도 증가되었다.

특히 밀주제조 판매조직을 장악한 알카포네는 일천 명의 조직원을 거느리고 천문학적인 돈을 벌어 정재계(政財界)의 유력인사와 어울렸다.

그리고 알카포네는 1929년 시카코에서 라이벌조직 7명을 일거에 살해한 '밸런타인데이의 학살'을 저지르기도 했다. 그는 금주법 위반에 대해서도 "나는 시민이 바라는 것을 공급했을 뿐이다. 내가 범죄자라면 선량한 시카고 시민들 역시 유죄다"라고 강변했다.

이렇게 많은 사회적 병폐가 나타나자 금주법의 반대운동이 조직화되고 활발해졌다. 더욱이 금주법 발안자인 볼르테드도 1922년 의회선거에서 패하였다. 실제로 이 법은 1929년 대공황이 몰고 온 '월가(Wall 街)의 대폭락'으로 사실상 종을 쳤고 그러다가 1932년 11월 대선 시 민주당 대통령후보 프랭클린 루즈벨트는 수많은 종교단체와 여성단체의 반대를 무릅쓰고 금주법을 폐지하겠다고 공약했다. 그 슬로건은 대중의 마음을 사로잡았다.

대통령으로 당선된 루즈벨트는 그 동안 큰 논란을 빚어왔던 금주법을 1933년 12월 5일 폐지했다. 금주법(13년 10개월 17일간)이 폐지되던 날 많은 시민들이 거리로 뛰쳐나와 환호성을 질렀다. 이로 인해 음주판매로 막대한 국가수입이 생겼고 상당 수의 실업자들이 음주사업에 연관된 일에 고용되었다.

역사는 금주법이 100년이 넘는 금주운동 결과물임에도 불구하고, 모든 악의 근원을 술로 보고 이를 서너 줄의 문장의 법과 제도로서 규제할 수 없다는 교훈을 남겼다.

그 후 갱들과 그들을 지원했던 정치가들은 오히려 금주법 철폐가 아쉬워 이를 반대했다는 야사를 남기고 또한 기네스북이 선정한 세계사 대실수로 기록되는 불명예를 차지했다.

20. 한 잔 주량은 정할 수 없다

　사람의 외모는 거울로 보고, 마음은 술로서 본다는 말이 있다. 보통 건배를 시작하면서 인생을 논하기도 하고 술을 매개체로 인생극장이 연출되기도 한다.

　우는 사람, 자기자랑만 하는 사람, 화를 내는 사람, 싸우는 사람, 화장실이나 술집 부근에서 자는 사람 등 그야말로 천차만별이다.

　중국 고서적에 '한 잔에 온화한 표정, 두 잔에 공손한 말씨, 석 잔에 유유히 물러난다'고 했다. 허신의 〈설문해지〉에 따르면 '한 되들이 잔은 작(爵), 두 되들이 잔은 고(觚), 서 되들이 잔은 치(觶), 너 되들이 잔은 각(角), 닷 되들이 잔은 산(散)이라 한다' 라고 한다.(※한 되는 현재의 막걸리 한 잔 양.)

　잔에 대한 뜻은 이러하다.

○ 작(爵)이란 것은 한껏 넉넉하다는 뜻이고,

○ 고(觚)란 것은 적다는 뜻인데 분량을 조금 적게 마셔야 한다는 것이다.

○ 치(觶)란 것은 알맞다, 양에 맞게 마셔야 한다는 뜻이고,

○ 각(角)이란 것은 닿는다는 뜻인데 양에 따라 알맞도록 마시지 않으면 죄가 닥쳐온다는 것이고,

○ 산(散)이란 것은 나무란다는 뜻인데 스스로 한정해 마시지 않으면 남에게 나무람을 당하게 된다는 것이라 하였다.

한편 플라톤은 "인간은 어린이가 두 번 되는 것이 아니라 세 번 되는 것이다"라고 했다. 이 뜻은 과음자는 어린아이나 노인과 똑같다는 말이다.

그러면 음주문화에서 '한 잔'이란 주량은 얼마인가?

주량은 사람에 따라 억양이나 감정 그리고 몸짓에 따라 달라진다. 우리 민족에 앙금으로 남아 있는 '한' 사상에서의 '한 잔'의 주량으로 해석되어야 한다.

여기서 '한'은 단순 '하나' 의미인 1이 아니라, 가득≒많음, 같음, 크다, 대략, 중간 적당한 등의 뜻을 가지고 있다. 즉 한 아름 한 다발의 한은 '가득'이고 한민족, 한자리의 한은 '같음'이고, 한밭, 한길, 한마당의 한은 '큰' 뜻이고, 한가운데의 한은 '중간'의 뜻이다.

따라서 '한 잔'이란 정확한 수량으로는 측정할 수가 없는 것

이다. 주량은 음주자의 건강과 함께 마시는 사람, 음주방법 그리고 때와 장소의 분위기에 따라 너무 달라서 일정한 한 잔의 주량이 있을 수도 없다.

주량과 관련하여 사마천의 '사기(史記) 골계열전' 내용을 보면, 제(齊)나라 위왕(威王)은 익살과 언변에 능한 순우곤(BC385~BC305)을 불러 잔치를 베푸는 자리에서 술을 어느 정도 마실 수 있는지 물었다. 순우곤은 "저는 한 말을 마셔도 취하고, 한 섬을 마셔도 취합니다" 했다 위왕이 의아해서 그 까닭을 묻자 순우곤은 대답했다.

"대왕 앞에서 저는 황공하여 한 말을 마시기 전에 취해버립니다. 어버이와 손님이 계시는 자리에서는 두 말을 마시기 전에 취해버리고, 오래 만에 만난 친구와 주고받으면서 마시면 대여섯 말을 마시면 취하게 됩니다.

만약 남녀가 한 자리에 섞여 앉아 술잔을 돌리며 술을 마시게 된다면, 저는 은근히 즐거워 여덟 말쯤 마셔야 약간 취하게 될 것입니다.

날이 저물어 술자리가 절정에 이르고, 남녀가 한 자리에서 무릎을 맞대고 앉으며, 신발이 뒤섞이고 잔과 그릇이 어지럽게 흩어지고, 마루 위의 촛불은 꺼지고 주인이 저 한 사람만 머물게 하며 다른 손님들을 보내고 나서, 엷은 비단 속옷의 옷깃을 풀면, 은근한 향기가 풍기게 되는데, 이때가 되면 저는 마음이 아주 즐거워져서 한 섬 술도 마실 수 있습니다. 그러므로 '술이 극도에 이르면 어지럽게 되고, 즐거움이 극도에 이르면 슬퍼진 다'고 하는데, 모든 일이 이와 같습니다." 위왕은 무언가를 깨 달은 듯 대답하였다.

"알겠오." 그 날 이후 위왕은 밤 새워 술 마시는 것을 그만 두 고, 순우곤을 제후 접대하는 일을 책임지는 관리에 임명하였 다. 그리고 순우곤은 왕실에서 개최되는 모든 주연(酒宴)에서 언제나 왕을 측근에서 모셨다는 것이다.

(※당시의 도량형은 오늘날과 완전히 다르며, 정확한 것은 술 한 말이나 한 섬은 누구나 아주 만취할 수 있는 양으로 당시 한 말은 지금의 막걸리와 같은 술 1,940cc 정도임.)

이렇듯이 누구나 정해진 일정한 주량은 존재할 수 없다. 따라 서 우리민족의 '한 잔'이란 다양한 음주상황에 따라서 '가득 채운 잔', '같이 하는 잔', '적당한 잔' 등의 뜻이 함께 농축되 어 있어 다양한 음주량으로 나타난다.

서 되들이 잔 '치'는 '대략', '적당한', '알맞다' 뜻의 주량이 므로 '한 잔'의 양을 술잔으로 변환시키면 석 잔이 되고 '석 잔'이란은 중용의 양이 된다.

그러나 우리의 한 잔은 고정된 물리량이 아니라 자기 마음속 에 있는 최적정의 음주량이다.

결론적으로 '한 잔'의 주량은 술잔이 많아지면 주량이 많아

지는 1차 함수선상에서 정해진 것이 아니라 그 직선의 두 양끝
이 연결된 ○ 안에 들어있는 적당한 주량이다. 이것이 한 잔의
주량이다.

　그러므로 '한 잔의 양'은 많은 뜻을 내포하고 있는 양이다.
과음은 한 잔의 양인 ○ 을 벗어난 음주량이 된다.

　한 잔의 양을 함수로 표시하면 다음과 같다.

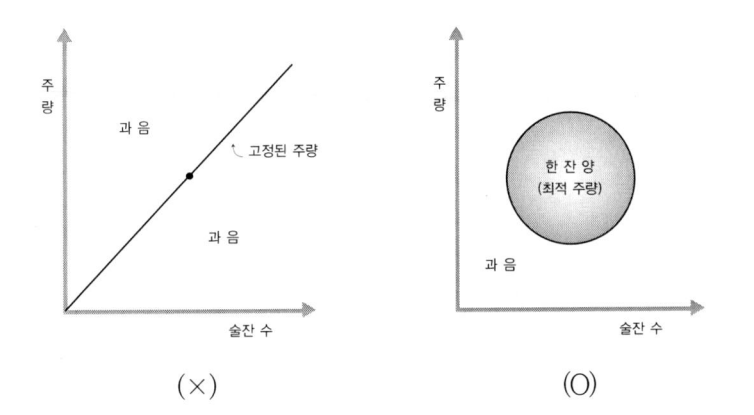

21. 유혹의 잔은 미련 없이 버려라

술이 취한다는 취(醉)는 글자대로 술 단지(酉)를 완전히 다 마신다(卒)는 것이다. 이렇게 취함은 '한 잔의 양'을 넘어선 유혹의 넉 잔을 마시면서부터 시작된다.

실제로 술 4잔의 음주효과는 인간의 합리적 이성의 판단보다는 감성이 결정하는 음주행위이므로 자신의 기분에 따라서 취할 때까지 마시는 것이다. 이렇게 완전히 취하면 자기의 억압되었던 본능적 욕구가 표출되면서 가끔 불행한 일을 일으키는 주원인이 되어 결국 인생에서 후회하는 잔이 될 수 있는 것이다.

여기서 숫자 4(사)는 죽을 사와 발음이 같아 싫어하는 것도 있겠지만, 수리 사상적으로 4는 옆에서 얼굴을 본 입술의 형상으로 입을 상징하고 또한 四도 입을 크게 벌려 이빨을 드러낸 상태로서 입의 형상이다. 따라서 모든 생명체가 입으로 들어

가면 죽어야 할 운명이므로 흔히 죽을 사(死)로 통념되어 왔기 때문에 당연히 불길한 수로서 인식하여 4를 기피하고 있는 것이다.

이러한 영향은 실생활에도 많은 영향을 미치고 있는데 실제로 병원이나 호텔 그리고 아파트 등에서는 4층을 표기하지 않고 그 대신에 F층으로 표기하기도 하였다.

또한 사찰의 사천왕(四天王)을 보면 다문 입, 성난 눈, 벌린 입, 치아를 보이며 무시무시한 모습을 볼 수 있다.

어쨌든 유혹의 잔을 스스로 알고 뿌리친다는 것은 대단한 것이다. 그 이유는 통상 술을 마시기 전에 이미 결심한 그 날의 음주량과 음주진행 중인 상태의 감성에 의하여 마시는 음주량은 판단기준이 전혀 다르기 때문에 확고한 의지가 없는 한, 일반적으로 술자리 분위기에 따라가면서 과음하게 되는 것이다.

〈채근담〉에서는 "꽃은 반쯤 핀 것이 좋고 술은 조금 취하도록 마시면 그 가운데 크게 아름다운 취미가 있다. 만일 꽃이 활짝 피고 술이 흠뻑 취하기에 이르면 문득 재앙의 경지에 이르게 되니라" 했다.

또한 조선시대 정철은 "술이 사람을 취하게 하는 것이 아니고 사람이 스스로 취하는 것이다. 꽃이 사람을 미혹하게 하는 것이 아니고 사람이 스스로 미혹하는 것이다. 만약에 그 뉘우침을 잘 알고 있다면 처음부터 그런 짓을 저지르지는 않았을 것을" 이라고 했다.

고서에 따르면 "너 되들이 잔을 角(각, 옛 한 되=현재 막걸리 1잔정도)이라 하여 그 뜻이 닿는다, 양에 따라 마시지 않으면 죄가 닥쳐온다"는 불길한 징조를 말하고 있다.

그리고 로마 속담에는 "술의 첫째 잔은 갈증해소를 위하여, 둘째 잔은 영양을 위하여, 셋째 잔은 유쾌함을 위하여, 넷째 잔은 발광을 위하여……"라고 했다.

특히 딱 '한 잔 더하자' 라는 말은 흔히 유혹되지 아니한다는 '불혹(不惑)' 40세와는 전혀 관계가 없는 듯하다. '딱 한 잔만 더' 라는 '유혹의 잔' 은 미련 없이 똥오줌을 시원하게 버리듯이 버려야 한다.

우리사회는 퇴폐향락음주로 가는 유혹의 잔을 비판하고 고발하는 소리를 높여 왔었다.

어떤 철학자는 말했다.

"과음은 인간성에 불을 끄고 그 동물성에 불을 붙인다."

"술은 인간을 쫓아내고 짐승을 드러낸다."

결론적으로 유혹의 잔은 술의 노예를 만들고 육체와 정신을 모두 저 세상으로 가져가 버린다는 것이다.

22. 음주측정과 사고

　러시아 보리스 옐친 대통령은 재임 당시 어떤 작은 마을의 전통사우나(바냐)에서 술을 마신 후 이른 새벽 운전 연습을 하기 위해 차를 몰고 나갔다. 500미터 떨어진 도로상에서 술에 취한 옐친이 브레이크와 가속 페달을 모두 밟아 대화를 나누고 있던 오토바이와 자동차 운전자를 들이 받아 오토바이 운전자는 중상을 입고 6개월 후 사망했다는 내용이 훗날에 언론에 보도됐다.

　과연, 술은 어떤 것이며, 무슨 일을 일으키는가?

　술이란 1%이상 순 알코올 함량인 음료를 말한다. 순 알코올의 비중은 섭씨 20℃에서 0.789이며, 비점은 섭씨 78.5℃이다.

　이러한 알코올 비중을 잘 이용한 재미있는 실험이 있다. 두 잔에 위스키와 물을 가득 채운 후, 물 컵 위에 종이를 덮고서 위스키 잔 위에다 엎어 놓고 그 종이를 조금 빼면 위스키와 물

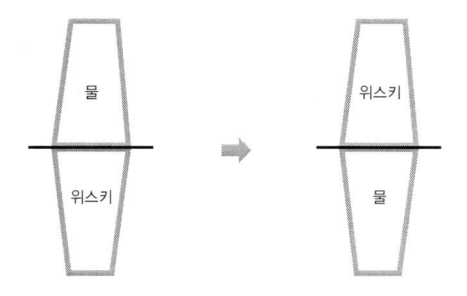

물 / 위스키 → 위스키 / 물

이 상하이동하여 술잔을 물로 채워 버린다.

즉 밑에 위스키가 위로 올라가서 물 잔을 가득 채우고, 위스키 잔은 물 잔이 되는 것이다. 처음 알코올 측정은 술에 기름을 넣어 기름이 가라앉은 형태를 보거나 술에 천을 적셔서 천 마르는 시간을 보고 그 술의 알코올 농도를 추정했다.

또다른 방법은 술에 화약을 적셔 불을 붙여 파란불이면 proof, 불이 붙지 않으면 under proof, 화약이 폭발하면 over proof이다. 이것은 아주 위험했다.

술집에서 이를 증명하기 위하여 알코올 도수 높은 술에다 성냥이나 종이를 적셔 불을 붙이기도 했다. 오늘날 알코올 측정 방법은 1802년 영국의 사이키(sykes)가 알코올 농도에 따라 비중이 달라진다는 점을 이용하여 고안한 주정계를 사용한다.

현재 알코올 proof는 알코올%의 2배이다. 즉 통상 알코올 농도 20%=40proof로 표시된다. 술은 섭취량이나 혈중알코올농도에 관계없이 매시간당 알코올 일정량만 대사되며 이 과정은 주로 간장에서 일어나며 알코올 1g당 대략 7cal의 에너지가 발생한다.

술의 흡수 분해과정은 위에서 20%정도, 소장에서 70%정도가 흡수된 술은 간장에서 독성물질인 아세트알데하이드로 바뀌고 즉시 초산염으로 변하며 마지막에는 완전히 산화되어 이산화탄소와 물이 된다. 그 나머지 2~10%의 알코올은 소변, 호흡, 땀으로 그대로 배설된다.

한편, 인체 소장의 길이는 자기키의 4.5배(성인은 약7~8m 가량), 소장의 전제 내면적은 0.33㎡, 그 내면의 무수한 주름과 돌기를 감안하면 실제 내면적은 200㎡에 달한다.

그리고 대사과정을 담당하는 간장 무게는 대략 체중의 약 1/50정도(남 1~1.5kg, 여0.9~1.3kg)이며 우측 복부의 횡격막 바로 밑에 있다. 특히 간에 주로 존재하는 알코올탈수소효소(ADH), 아세트알데하이드 탈수소효소(ALDH)의 양에 의하여 술의 대사속도가 다르다.

특히, 동양인의 약 20~40%는 이 효소가 부족하여 한 잔만 마셔도 유독한 아세트알데하이드(CH_3-CHO)가 축적되어 얼굴이 붉어진다. 이런 사람을 강압으로 술을 마시게 하면, 숨이 가빠지고 어지럽거나 구역질을 하게 된다.

한편, 인체에 흡수되는 순 알코올 양은 얼마나 될까?

먼저 단위부터 정리하면, 순 알코올 1cc ≒ 1㎖ , 비중 ≒ 0.8 이다.

(공식1)

순 알코올 양(g) = 마신량(cc) × 술의 농도(%) ÷ 100 × 0.8

즉 소주1병을 마셨다면,

순 알코올량(g) = 360 × 20/100 × 0.8 = 57.6g이다.

따라서 적정음주량은 1일 알코올 50g이하이므로 소주 반병 정도가 된다.

다음, 혈중알코올농도(BAC : blood-alcohol concentration) 에 대하여 보자. 원래는 음주운전을 측정하기 위하여 만든 음주측정기는 1961년 독일 드라위게르 베크사가 알코올 중독자 진찰도구로 처음 개발했던 것에서 비롯되었다.

(공식2)

BAC(%) = (음주량cc × 알코올농도% × 0.8) ÷ (체중 × 0.6 × 1000)

즉, 몸무게70kg인 보통사람이 소주1병을 빈속 상태에서 매우 빠른 속도로 마셨다면(조건)

BAC(%) = (360cc × 20% × 0.8) ÷ (70 × 0.6 × 1,000) = 0.137%이다.

이것은 혈액 100cc속에 알코올 137mg이 흐르고 있다는 것이다. 즉 몸의 혈액 5,600cc속에 알코올 7672mg이 온몸을 탐험하면서 그 효과를 일으키는 것이다(※혈액양은 체중의 8%가량이므로 70kg × 8% ≒ 5.6리터). 여기서 중요한 것은, 음주자의 알코올 처리능력이다.

결론은 알코올처리는 1시간당 7g정도이며, BAC는 시간당 평균 0.015%감소하고, 또한 민간요법은 거의 효과가 없으며 절대적인 시간만이 필요한 것이다. 쉽게 말하면 소주1잔은 순알코올은 약7.2g정도 (BAC ≒ 0.017%)이다. 소주 3잔 알코올 21.7g (BAC 0.051%)은 4시간이 지나야 술의 효능이 없어지는 것이다.

그럼 가장 중요한 음주운전 교통사고일 경우는 어떠한가?

통상, BAC 0.05%이하에서는 술을 마시지 않는 사람과 거의 차이가 없으나, 그 수치가 0.05~0.09%가 되면 1.2~2배, 그리고 0.10%이면 5배, 0.15%이면 10배, 0.18%이면 20배의 사고 가능성이 증가한다는 것이다.

여기서 BAC에 따른 신체적 심리적 반응은

▶ 0.03%(2잔): 얼굴홍조 근육이완과 편안함, 잔잔한, 행복감

▶ 0.05%(3~4잔): 근육조절능력, 억제감에서 해방감, 개방적 사교적

▶ 0.15%(8잔~): 정신기능 현저히 저하, 사고와 행동에 일관

성이 없음

▶ 0.4%(12잔~): 기억상실, 의식을 잃고 혼수상태

▶ 0.5%이상: 사망할 수 있음(흔하지 않음)

(※술잔: 그 술의 맞는 잔이어야 함. 폭탄주는 예외임.)

그리고, 음주와 추락사고일 경우에는 어떤가?

BAC 0.05%이면 3배, 0.1~0.15%면 10배, 0.15%이상이면 60배 이상 위험이 있다. 또한 물놀이 사고의 경우 69%, 화재로 인한 사망자의 83%가 음주와 관련이 있다. 특히 음주와 산업재해에 있어 선진국의 경험에 의하면 산업재해의 25%가 음주와 관련이 있다. 그 이유는 운전이나 기계조작의 정확성과 판단력 속도감을 요하는 작업 대뇌의 작용이 둔해져 돌발 사태에 대한 대처능력 등이 떨어지기 때문이다.

지금까지 본 위의 모든 것은 계산상의 수치와 관련하지만 실제 음주상황은 술의 종류와 마시는 속도와 방법 그리고 안주 등 많은 변수와 함께 개인에 따라 다르게 나타날 수 있다.

가장 확실한 것은 딱 한 잔만을 마셨더라도 운전은 절대 금해야 한다.

23. 음주승마

우리나라 최초 음주운전이라고 할 수 있는 음주승마에 대한 설화가 있다.

이것은 신라 진평왕 때 김유신과 천관(天官)에 얽힌 사랑이야기다. 김유신이 화랑시절 한동안 친구들과 함께 술파는 천관의 집에 드나든 일이 있었다. 어머니는 이것을 알고 매우 걱정하여 하루는 곁에 불러 앉히고 "나는 이미 늙어서 밤낮으로 오직 네가 성장하여 가문을 빛내기만 바라고 있는데 너는 기생집과 술집에 드나들고 있느냐" 하고 울면서 엄하게 훈계하였다. 김유신은 크게 뉘우치고 다시는 그러한 일이 없을 것이라고 맹세하였다.

그런지 며칠이 지난 어느 날, 김유신은 놀러 갔다가 술에 취하여 말을 타고 집으로 돌아오는 도중에 말이 멈추어 고함을 질러 벌써 집에 왔나 하고 문득 정신을 차려보니, 자기 집이 아니라 전날에 드나들었던 천관의 술집이었다. 이것은 김유신이 술에 취해서 말이 자주 갔던 천관의 집으로 잘못 들어갔던 것이다.

천관은 한편 원망하여 눈물을 흘리면서 반가이 맞이하였다. 그러나 천관을 보고 놀라 술이 깬 유신은 말에서 내려 허리에 찼던 칼을 빼어 말의 목을 내리쳐 죽이고 말안장도 그 마당에 내버린 채 한마디 말도 없이 그 집 문을 나와 집으로 돌아갔다.

이 광경을 본 천관은 뜻 밖에 이 광경에 너무 놀라 까무러쳤다. 얼마 후에야 정신을 차린 뒤 말없이 탄식하다가 원망하는 노래를 지었다는 것이 바로 천관원사(天官怨詞)다.

이 설화 사건에서 보듯이 인간은 누구나 술을 마시면 자제력이 약해진다. 따라서 당시 취중에 천관의 집으로 승마 운전을 했을 가능성도 있을 수 있는 것이다. 또한 김유신이 과음하지 않았더라면 집으로 온전하게 갔을 수도 있는 것이다.

우리나라 음주운전 단속과정에서 웃지 못할 상황이 뉴스에서 보도됐었다. 그 뉴스는 음주운전 단속 경찰관이 음주측정기를 대고 불어라고 하니 음주운전자는 마치 마이크를 잡듯이 잡으며 흘러간 옛 노래를 부르고 경찰관이 그 음주측정기를 뺏으려하자 그는 뒷좌석의 친구에게 한곡 부탁하면서 마이크를 넘기듯이 음주측정기를 넘겨 버렸다.

음주운전으로 고통 받았던 사람이 앞으로 술을 끊는다고 염불은 수없이 하지만 그 약속을 지키는 사람은 거의 없었다.

24. 신비한 술잔 - 계영배

역사적으로 어떤 유물들보다 술잔과 술병은 그 재료와 모양이 다양하고 화려하다. 귀족층의 고급스런 술병과 술잔으로부터 백성이 쓰던 술병과 막사발까지 그 수는 무수하다.

특히 아주 신비한 술잔인 계영배(戒盈杯)가 있다. 이 신비한 술잔은 술을 7할 이상 따르면 곧바로 스스로 엎어져 술 전부를 쏟아버리는 '넘침을 경계하는 잔'이다.

강원도 '홍천군지'에는 계영배를 만든 도공이야기가 있다.

홍천 산골에 질그릇을 구워 파는 우삼돌은 경기도 광주분원에 들어가 스승에게 열심히 배우고 익혀 설백자기를 만들어 명성을 얻어서 이름도 '명옥(明玉)'으로 바꾸고 유명한 도공으로서 만인으로부터 대접받게 되었다.

그러나 그를 시기하는 동료들의 꾀임에 빠져서 주색에 돈을 모두 탕진하여 생활이 몹시 궁핍해졌다. 동료들은 이참에 그를 영영 질그릇 꾼으로 만들기 위해 함께 배를 타고 해남으로 떠나게 되는데, 가는 중도에 폭풍우를 만나 배가 뒤집혀 동료들은 모두 빠져 죽고 우명옥만 널빤지 붙들고 있다가 고기잡이배의 도움으로 살아난 것이다.

그는 지난날의 방탕을 후회하면서 "나는 죽었다가 다시 태어난 몸이다. 열심히 연구해서 이 세상에서 가장 훌륭한 그릇을 만들어 보자"고 굳게 결심했다.

그는 백일기도를 드려 몸과 마음을 깨끗이 한 다음날부터 방에 들어앉아서 무엇인가를 열심히 만들었다. 그런지 얼마 후 드디어 만든 조그만 술잔 하나를 그 동안 은혜 입은 스승에게 바치고는 그 잔에 술을 가득히 부어 놓았다.

그러자 술이 한 방울도 남지 않고 없어졌다. 이때 스승은 "이 잔은 술잔이므로 사람이 술을 마시게 될 터인데 술이 없어지면 어찌하나?" 하고 물었다.

우명옥은 이번에는 술잔에 술을 반쯤 부었다. "스승님 이것을 보십시오. 가득 부어 놓지 않으면 술이 그대로 있습니다"라고 했다. 스승은 우명옥이 술로서 망했으니 술을 과하게 마시지 말자라는 교훈이 담긴 것으로 깨달았다. 이렇게 도공 우명옥이 만든 기이한 술잔을 계영배라고 한다.

그 후 이 계영배는 조선시대 의주 거상 임상옥(1779-1855)이

소유하게 되었고 그는 늘 계영배를 옆에 두고 끝없이 솟구치는 과욕을 다스리면서 큰돈을 벌었다고 한다. 그리고 임상옥이 우연히 계영배를 깨뜨렸는데 그 잔이 깨어지던 날 우명옥도 세상을 떠났다고 하는데 깨진 잔에는 "계영기원 여이동사(戒盈祈願 與爾同死)"라고 쓰여 있었다. 즉 '가득 채워 마시지 말기를 바라며, 너와 함께 죽기를 원한다.'〈한국야담사화전집〉

또한 전남 화순지방에서 태어난 실학자 하백원(1781-1844)도 계영배를 만들었다고 하지만, 아쉽게도 지금은 전해지지 않는다.

이 신비한 술잔 계영배는 인간의 끝없는 욕심을 경계해야 한다는 것을 깨우쳐주고, 모든 것이 넘치면 곧 아무 것도 없는 것과 같다. 즉 자신의 욕심만 채우려다가 모든 것을 잃고 만다는 사실을 직접 보여주는 상징적 술잔이다.

과유불급(過猶不及), '지나침은 미치지 못함보다 못하다'는 진리를 깨우쳐 준다. 계영배처럼 인간의 욕망을 가득 채우려 한다면, 모두 다 엎질러져 버린다. 오늘날 이 신비한 술잔의 교훈을 알리고자 도예가들은 계영배를 연구 개발하여 판매하고 있다.

25. 최후의 인체 계영 장치

　이미 한 잔의 양도 넘고, 중용의 양도 넘었고 계영배의 교훈을 넘어선 음주자는 최후의 생리적 계영장치가 작용하는데 이때부터 가끔씩 술의 교훈들을 깨닫기 시작하는 것이다.

　진땀을 뻘뻘 흘리면서 꽥! ―꽥! 소리 내어 눈물 콧물까지 흘리며 고통을 호소하듯 살려달라고 죄 없는 변기통을 잡고 통사정을 하는 것이다. 이것이 과음에 대한 인체의 최후 자동제어장치로서 '구토' 라는 생리적 계영작용이다.

　과음에 대한 1차경고로서 속이 메스꺼우면서 타액 분비, 식은 땀 등의 구역질이라는 증상을 나타내고 구토를 한다. 구토는 위와 장(腸)이 연결된 통로인 유문이 수축하여 막으면서, 위와 식도가 연결하는 분문이 열리고 동시에 횡격막 및 복근이 강하게 수축되면서 위의 내용물이 입으로 나오게 한다. 특히 심하면 똥물까지 나온다. 이 때 코로 이어지는 기관 통로가 막힌다.

그런데 구토하는 것을 흔히 '오바이트' 했다고 한다. 그러나 이것은 영어 'OVEREAT' 로서 '과식하다' 라는 뜻이다. 사실 '나 오바이트하고 싶다(I want to overeat)' 고 하는 것은 '나 과식하고 싶다' 의 뜻이므로 구토와는 다르다.

또한 술을 너무 마셔 정신이 없는 사람을 '고주망태' 라 하는데 이 뜻은 완전히 곤드레만드레 취하여 쓸모없는 인간이 됐다는 것이다. 여기서 '고주' 라 하는 것은 누룩이 섞인 술을 뜨는 그릇 즉, 술을 거르거나 짜는 틀이고 그리고 '망태' 는 새끼 등으로 꼬아 만든 물건 담는 망태기를 말하기도 하지만, 여기서는 전혀 쓸모없이 되어버린 상태의 뜻이기 때문이다.

술은 음주자에게는 구역질, 구토, 두통, 속 쓰림, 숙취 등을 종종 체험하게 만든다. 또한 과음자에게는 이렇게 하지 않고서는 별다른 도리가 없다. 하여튼 구토는 스스로 과음효과를 보여주고 그 구토물을 보면서 앞으로 절주나 금주에 대한 깊은 맹세를 하기도 한다.

26. 음주 딜레마

애주가들이 술의 단점을 기꺼이 시인하는 이유는 술의 장점을 단장하기 위한 가장 좋은 무기이다. 그들은 적당한 술이 긴장을 완화시켜 주고, 대인관계를 원활하게 하고 조직의 결속력을 강화시킨다는 좋은 점을 말한다. 그리고 상대방의 마음을 탐지하는데 술을 이용하여 어떤 목적을 달성하려는 유용한 생활수단이기도 하다.

생리적으로도 몸속에 알코올수치가 올라갈수록 기분이 아주 좋고 자신 만만하며 마음이 편하고 정력적이며, 더 웃고 감정과 사교성이 고조되어 웅변가로 변한다고 강조한다.

이와 반대로 과음은 건강을 해치고 가정의 불화를 야기하며, 나아가 직장과 사회전체에 문제를 일으킨다. 그리고 음주 후에는 기운이 없어지고 모든 것이 귀찮아지고 의기소침해지는 부정적인 면이 있다.

이렇게 술의 단점으로 인해 인간은 건강을 얼마나 해쳐왔으며 이성을 잃고 비윤리적이며 비도덕적인 일탈행위를 그 얼마나 했던가? 그들의 음주운전으로 고귀한 생명을 또 얼마나 앗아가고 있는가.

술에는 야누스적인 양면성이 있다고 한다. 사람은 열등의식이나 현실도피 그리고 패배주의를 숨기려로 과음한 것이 진실인데, 주변 사람들은 그 사람이 문제가 아니라 그 놈의 술이 문제라고 말한다. 인간은 술로 인한 문제를 '술의 양면성'을 내세워 술의 잘못으로 교묘히 뒤집어씌운다.

'술의 양면성'을 내세워 돈과 시간투자는 물론 자기 건강을 팔면서까지 술자리에서 이익적 첩보를 얻어내고 상업적 협상무기로서 사용하는 것이다.

술을 협상도구로 선호하는 것은 술에 대한 사회적 관용이란 보호막까지 있기 때문이다. 특히 술로써 감성에 불을 붙여서 그 진실을 뽑아내는 과정에서 혹시 잘못된 경우에도 과음에 실수로 책임 전가할 수 있는 안전장치가 있다. 사실 논리는 양단논법으로 잘못된 인간의 양면성을 진실한 술의 탓으로 돌리는 절묘한 논리적 속임수일 뿐이다.

유전적으로 술 체질이라서 많이 마신다고 하지만 똑같은 체질의 사람도 술을 조금 마시는 사람이 많다. 그리고 동료, 친구들이 술을 권할 때 계속 거부한다면, 내가 왕따가 되지 않을까 하는 생각에 술을 더 마시는 경우도 있다. 사회문화적으로 분위기를 부드럽게 한다는 이유로 친구와 동료의 권유로 계속 마시는 것이다.

이러한 과음원인이 없어지기 위해서는 음주에 대한 사회적 가치관이 확립되어야 한다. 음주로 인한 모든 문제에 대한 정답은 인간의 양면성에 있다.

옛날 벼슬한 두 사람이 술을 마셨는데, 한 사람이 술에 취해 오만이 지나쳤다. 이것을 알려 파면시키려고 하자 '사람에게 광약(사람을 미치게 하는 약)을 마시게 해놓고는 예의에 어긋났다고 사람을 나무라는 것은 모순되는 것이 아닌가' 라고 했다.

그러나 '술의 양면성' 이란 전혀 없으며 오직 그 음주자에게 모든 문제가 있을 뿐이다. 애꿎은 술에게만 모든 책임을 전가하고 있는 것이다.

결국 인간은 방패막이로서 술의 장점과 단점을 교묘하게 만들어 냈고 이 전제하에 인간의 양면성을 논리적으로 연관시켜서 스스로를 '음주 딜레마' 에 빠지게 한다.

즉, 사람은 술을 마시면 좋은 것이며 또한 술을 마시지 않아도 좋은 것이다. 이와 반대로 술을 마시면 나쁜 것이며 또 술을 마시지 않아도 나쁜 것이 된다.

따라서 이러한 음주 딜레마 논리에서 빠져 나오는 방법은 유일하다. 그 정답은 바로 스스로의 술에 대한 확고한 가치판단 기준에 있다.

27. 술 중독에 대하여

술에 관한 서적이나 실험들은 많이 있어도 술 중독이라는 명쾌한 정의는 없다. 그 이유는 술 중독이란 각 지역마다 그 집단마다 술 마시는 경우마다 모두 다르고 술 중독이 될 징조와 증상들은 모두 나열하기 불가능하기 때문이다.

더욱이 술을 절제하는 사람과 술 중독이라고 하는 사람과는 엄격한 기준이 되는 경계선이 없고 술 그 자체가 술 중독의 유일한 원인이 아니며 또한 누가 술 중독자가 될지 자신 있게 말할 수 없기 때문에 술 중독의 전형은 없다는 것이다.

보통 사람들은 대인공포나 긴장, 불안 또는 우울한 상태의 사람이 어떤 계기로 술을 마시게 되는데 이때 음주 결과로서 긴장과 불안이 완화하였거나 쾌락을 경험하게 되는 경우가 많다.

이렇게 음주경험을 한 사람은 위와 비슷한 문제 상황이 되면 또 다시 술을 마시고 이러한 과정을 반복함으로서 개인생활의 일부로서 음주가 자리 잡게 되는 것이다. 인간은 보상과 쾌락을 가져오는 행위는 반복하고 처벌과 불쾌감을 가져오는 행동은 회피하기 마련이다.

통상적으로 술 중독이란 만성적인 질환 또는 행동이상으로서 사회 관습적인 음주량이나 사회통념적인 주량을 초과하여 술을 마심으로서 그 사람의 건강과 대인관계 또는 경제사정에 악영향을 끼칠 정도로 술을 반복하여 마시는 것이 그 특색이라 할 수 있다.

이러한 술 중독자는 술을 끊었을 때는 자율신경계, 흥분 증상 즉 속이 메스껍고, 손이 떨리며, 불안 초조 등의 일명 금단증상이 나타난다. 이런 증상들은 술을 마시면 일시적으로 사라지므로 자기도 모르게 술을 계속 마시게 되는 것이다.

즉 어떤 상황에서의 긴장과 불안에 대한 하나의 대처방법이라 생각하는 것이다. 술 중독자는 사회의 무규범 상태로서 각자의 행위방식을 규정할 아무런 규칙도 없는 상태이며 그리고 문화갈등으로서 사람들과 상충하는 규칙들에 사로잡혀 있는 상태이다. 이러한 음주는 각종 질병과 합병증 유발은 물론 각 직장 산업에서 숙취로 나타나며 많은 손실을 가져온다.

그러나 대부분 사회에서 피로한 심신을 달래기 위하여 술을 원하는 것 같다. 따라서 인간이 정신적, 정서적 문제나 욕구를 대처하는 하나의 방법으로서 술을 마시는 것은 말 그대로 술 중독이 될 가능성이 매우 높을 것이다.

28. 음주교육 효과에 대하여

음주 사회에서는 어떤 행태로든 술에 대한 문화나 예절 건강 등에 대하여 가정이나 학교 사회에서 교육하여 왔다. 그런데 여러 분야에서 음주교육에도 불구하고 그 효과는 뚜렷하게 나타나지 않았다.

음주교육은 얼마나 많은 술을 마시는가 보다는 먼저 언제, 어떻게, 왜 마시는가 하는 것이 중요이다. 누구나 술에 대한 가치 판단기준과 그 적응방식을 습득하여 자신의 음주행동을 제어하는 장치가 있어야 한다.

그러면 어떤 집단이 어떤 사회 문화에서 음주가 많은가를 미국의 연구와 조사 결과를 바탕으로 간략히 소개한다.

미국의 경우는 대체로 넓은 지역거주자들과 고등교육을 받고 수입이 높고 직장의 지위가 높은 사람일수록 음주비율이 높다는 것이다. 음주에 대해서 중고생들이 가끔 술을 일찍 마셔 보았다고 하여 나중에 그들이 과음한다는 증거는 없다는 것이다.

그리고 10대 음주자를 비행청소년이라고 생각하지만 사실은 고교생이나 비행소년이나 음주비율은 거의 비슷하고 그 차이가 있다면 음주 횟수가 아니라 음주방법이라는 것이다. 10대는 어른들의 흉내를 내므로 어떤 지역의 십대들이 어떤 방식으로 마시는지는 그 지역의 어른들이 술 마시는 방식을 보면 된다.

미국의 이탈리아계와 유태인 가정은 매우 어린나이에 술을 접하지만 미국 내의 여러 문화집단들 중에 술 중독자가 되는 비율은 가장 낮다고 한다.

반대로 21세가 될 때까지 절대 술을 못 마시게 하는 집단에서 자란 아이들이 가장 높은 비율의 술 중독자로 나타났다. 가정의 통제를 위반하고 마시는 학생들이 오히려 음주를 허용하는 가정의 학생보다 술을 더 많이 마시는 경향이 있음이 발견됐다.

사회학적으로 정통파 유태인 가정에서는 음주의 사회적 기능이 아래와 같이 명확하다.

술은 가족과 친밀해지고 집단소속의식이 강화되고 인간과 신 사이의 관계가 활성화된다. 음주의 규칙과 절차들이 의례화되어 있어 위반하면 혹독한 처벌을 받는다. 어릴 때부터 영향력이 있고 권위 있는 사람(부모, 선생 등)이 기본적인 도덕적 자세와 관습을 배운다. 특히 술에 특별한 의미를 부여하지 않는다. 그들은 음주금지도 없고 금주운동도 없고 음주를 디오니소스 주신처럼 숭배하는 일도 없다. 그러므로 자연스럽게 술을 마시지만 술 중독이 되지 않는다.

이렇게 음주관습과 가치가 잘 확립되어 있고 모두들에게 알려져 있고 나머지 문화에도 조화되어 있는 집단에서 술 중독의 비율은 더 낮다고 한다.

한편 프로테스탄트 앵글로색슨인들의 경우 음주에 대한 사회적 기능이 좀 애매모호하고 변명적이다. 규칙과 절차의 변수가 너무 많아서 극히 불규칙하다.

이러한 술에 대한 태도를 취하는 집단에서는 음주비율이 높아지는 경향이 있다. 그리고 음주에서 오는 압박감과 죄의식과 불확실성과 갈등이 있을 때는 그 비율이 대단히 높아질지 모른다. 특히나 부모의 술에 대한 가치관이 반대일 경우 즉, 아버지는 음주를 미덕이라 하고 어머니는 음주를 죄악이라고 하는 그 자녀들은 애매모호하다.

한 심리학자는 부모 갈등, 가족기능 그리고 자녀와 적응관계에서, 아버지의 음주문제가 심할수록 부모의 갈등이 심하고 가족의 기능을 약화시켜서 그 자녀는 가정환경 적응이 어렵다.

자녀들이 술을 마시느냐, 마시지 않느냐 하는 것은 보통 부모들의 관행과 소망들, 동료들의 영향, 용돈, 종교생활, 어른들에 대한 자신의 독립성 등 여러 가지 요인들이 복합되어 나타난다.

일반적으로 술 마시는 사람을 두고서 문화적, 사회적 집단에 따라서 서로 다르게 말한다. 즉, 절대금주 집단에서는 술 마시는 사람은 문제가 있는 사람이라 말하고, 집단음주를 허용하는 사회에는 혼자서 술 마시는 사람을 문제가 있다고 보는 것이며 그리고 미성년자들이 술 마시는 것을 어른들은 문제 학생이라고 보는 반면에 그들의 집단에서는 술 못하는 친구를 문제라고 하는 것이다.

특히 음주를 단속하는 법률들은 실제로는 십대 음주와는 거리가 아주 멀지만, 대부분의 국가에서 청소년들이 술 마시는 것을 금하고 있다. 대체로 음주제한 연령은 16세부터 21세 사이다.

그 이유는 청소년의 경우에 신체내의 세포를 비롯하여 모든 조직들이 왕성하게 계속 성장하고 있는 과정에 있기 때문에 술을 마시면 빠른 속도로 성장하는 뇌에 악영향을 미쳐, 육체적, 정신적, 사회적으로 문제를 일으킬 수 있으므로 완전히 성숙할 때까지 술을 금하는 것이다.

결론은 음주에 대하여 어릴 때부터 가족집단이나 종교 집단 내에서 술은 주로 음식이라 여기며 음주가 미덕도 아니고 죄악도 아니다. 술잔을 거절하는 것이 자연스럽게 존중되고 그리고 술을 많이 마신 것이 멋있고 자랑이 아니며 술 취한 행동이 우스운 것도 아니고 그냥 보아줄만 한 것도 아니다. 이러한 요소들이 그 사회의 집단성원들 사이에 광범위하게 확산되고 형성된 사회에서만 음주교육의 효과는 나타날 것이다.

29. 옛 주량을 알고 마신다

역사적으로 위대한 영웅호걸들이나 시인묵객들은 모두 다 그 주량이 아주 대단하다고 알려져 있다.

이래서 후세에 사람들도 술을 많이 마시는 것만으로도 큰 닭 벼슬을 한 양 두주불사(斗酒不辭)니 이태백 운운하면서 다른 무엇보다도 주량이 센 것을 은근히 과시한다.

먼저 '두주불사' 란 항우가 유방을 초청한 연회장에서 분위기가 한창 무르익었을 때, 항우의 무사 항장이 검무를 추는 척하며 유방을 죽이려 하자, 유방을 호위하는 번쾌가 목숨을 걸고 유방을 구출하는 과정에서 나온 이야기다. 항우가 번쾌에게 '한 잔 더 마실 수 있느냐' 는 물음에 번쾌는 '죽음도 사양하지 않을 터인데, 어찌 술 한 잔을 사양 하겠습니까' 라고 대답한데서 나왔다.

112

그리고 이태백 시의 일부 내용 중에서

三盃通大道(삼배통대도)　　　석 잔 술은 大道에 통하고
一斗合自然(일두합자연)　　　한 말 술은 自然에 맞는다.

그는 또 '일두주백편(一斗酒百篇)' 즉, 한 말 술을 마시고 시 백편을 짓는다는 것이다.

이와 같이 술을 마시고 장수의 기개를 보이고 그리고 시 백편을 짓는다는 것은 그야말로 대단한 주량이다. 왜냐하면 현재의 '한 말의 술'의 양은 18,039cc 로 18ℓ 음주량이기 때문이다(참고로 1ℓ = 1000㎖ ≒ 1000cc = 1000㎤ ≒ 1000g이다. 정확하게 말하면 1ℓ 는 최대밀도 4c도 및 1기압 하에서의 순수한 물 1kg이 차지하는 용적이다).

과연 옛날 술 한 말은 얼마나 될까?

먼저 중국 한나라 황종관(黃鐘管)에 기인한 도량형을 간략히 살펴보면 황종관은 북방의 평균 크기의 검은 기장(고량) 1,200개의 알이 들어가고 이 관을 물로 채울 때 용량이 1약이라 했다.

이를 기준하여 2약을 1합, 10합을 1승, 10승을 1두, 10두는 1곡이다. 그래서 약(龠)은 대나무 피리, 용량의 단위며 서(黍)는 용량과 기장 한 알의 중량, 술그릇(3되들이)을 뜻한다.

그러므로 당시 1되는 현재 용량으로 환산하면 198cc이므로 당시 1약은 9.9cc이다. 따라서 '두주불사'의 한 말의 술 정량은 1,980cc가 되며 그리고 중국 당나라 이태백은 한 말의 술 정량은 2,380cc가 된다.

중국 전국시대에 어느 정도 도량형이 통일되고 한(漢)나라 때 체계적으로 정비가 되었다. 당나라는 각지 관습을 정비하여 크고 작은 2가지 종류를 공인했다고 하는데 〈표〉로서 나타내보자.(※여러 가지 설이 있지만 여기서는 중요한 표준량만 본다. 단위:cc)

구 분	주·춘추 전국 시대	한	당	청	현 재
1되(升)	194	198	594.4 (소)238/(대)713	1,035.5	1,803.9
1말(斗)	1,940	1,980	5,944 (소)2,380/(대)7,130	10,355	18,039

또한, 우리나라 도량형도 중국 단위 명을 사용했으며 통일신라시대의 큰 변화는 당나라와 교역상 기준량을 비슷하게 맞추기 위해서라고 한다.(우리나라의 주요한 표준량을 나타낸다. 단위:cc)

구 분	삼국시대	통일신라 ~ 고려 문무왕681년~문종(1046-1083)	현 재
1되(升)	198.81	596.42	1,803.9
1말(斗)	1,988.1	5,964.2	18,039

이러한 도량형이 달라진 것을 모르고 현대인들은 옛 한 말을

지금의 양인 한 말로 술을 마시려고 한다. 특히나 역사적으로 주량만은 항상 부풀려 증폭되면서 주량 과시를 부추겼다.

옛날에는 술은 귀한 음식이고 술을 마시는 것은 부의 상징이거나 상류 지배계급일 것이다. 또 그 당시에는 증류주가 없었기 때문에 막걸리 같은 알코올도수가 낮은 곡주이다. 더 중요한 것은 술잔은 언제나 다 채워 마시지는 못했다.

결론적으로 당시 영웅호걸들이 실제로 마셨다고 전해지는 술 한 말은 한마디로 막걸리 한 되(약1.8)이하가 될 정도이며, 소주로 말한다면 1병 이하의 알코올양이 될 것이다.

또한 당시 1되 술(약190cc)은 지금의 막걸리 1잔과 같은 양이다.

그러므로 옛날 서 되들이 잔은 지금의 막걸리 석 잔이나 소주 3잔이 된다. 이것을 혈중알코올농도로 환산하면 0.05%전후가 나올 것이다. 따라서 옛 주량을 잘못 알고서 술을 마시는 것은 아주 위험한 일이다.

30. 자존심 싸움에 대하여

사전에서 자존심이란 '남에게 굽히지 않고 제 몸을 스스로 높이는 마음이다'라고 한다.

중국 한나라와 야랑국의 나라 크기가 하늘과 땅 차이인 줄도 모르고 야랑국왕 자신이 존대(尊大)한 양 우쭐대는 것을 보고 비웃은 말이 야랑자대(夜郎自大)이다. 스스로 잘난 체하면 거기서 풍기는 냄새(臭)때문에 가까이 오던 사람들까지도 멀리 도망쳐버리고 만다는 것이다.

한편, 중국 당나라 현종(730년)때 왕부가 쓴 〈다주론〉에서 차와 술이 서로 잘 났다고 다투는 것을 결국에는 물이 나와서 중재했다는 일부 내용은 다음과 같다.

차: 나는 귀족·제왕의 문을 드나들면서 한평생 영예를 마음껏 누리는 존귀한 신분이다.

술: 예로부터 차는 값 싼 것이고 술은 비싼 것이다. 군신(君臣)이 화합하는 것은 나의 공로와 인덕에 의한 것이다.

차: 나의 살결은 백옥과 같고 황금과 같으며, 명승(名僧)의 설교에 힘을 더해 주고, 부처님에게 공물로 쓰인다. 너는 가정을 파괴하고 사음(邪淫)을 돋우는 대악인(大惡人)이다.

술: 한 동이 삼문(三文 : 서푼짜리)으로서는 부귀라고 할 수 없다. 술은 귀인 고관들이 마시는 것이며, 차로써는 노래가 나오지 않고 춤도 나오지 않는다. 차는 위병(胃病)의 원인이 된다.

차: 내가 시장에 나가면 사람들이 다투어 사들이니 돈이 산더미 같이 쌓인다. 네가 거리에 나가 보아라. 혀가 꼬부라져서 귀찮고 성가시게 구는 사람들이 거리에 찬다.

술: 고인(高人)은 나를 칭찬하기를 술 한 잔은 건강의 근원이고, 기분 전환의 약이며, 인물을 만든다고 했다. 차 당신은 오완삼문(五婉三文)의 값싼 분이요, 나는 일배칠문(一杯七文)으로, 술은 예의를 지배하는 것이며, 궁중의 음악은 술에서 생겼다. 아무리 마셔도 차는 관현(管絃)의 가락과는 관계가 없다.

차: 남자 14~15세이면 주점에 가까이 가지 말라 하고 있다. 차를 마시면 병에 걸리고, 술은 인물을 만든다고 하지만, 당신이야말로 미치광이다. 나를 마시고 마음이 흔들린 예가 없

다. 술 때문에 어버이를 해친 이는 아도세왕(阿道世王), 술 때문에 3년간이나 의식불명이 된 이는 유령(遊令), 주정뱅이는 주먹을 휘두르고 패를 부리지만, 차를 마시고 행패 부리는 사람은 없다. 향불을 피우고 금주(禁酒)를 빌기도 한다.

이처럼 둘의 논쟁은 더욱 심해진다. 옆에서 이것을 듣고 있던 물이 견디다 못하여 말하였다.

물: 뭐 그렇게 핏대를 올리고 싸우고 있나. 사람의 생활은 흙·물·불·바람의 넷이 다스리고 있다.

차군(茶君), 내가 없으면 너의 형태가 없다.

주군(酒君), 내가 없으면 너의 모습도 없다.

쌀과 누룩만을 먹으면 바로 배가 아파지고, 찻잎을 그대로 먹으면 목을 해진다.

지금부터 이것을 계기로 사이좋게 지내도록 해라.

이렇게 의인화한 차와 술이 자기 자랑을 하면서 자존심 싸움한 내용이다.

특히 술은 자기 자랑과 함께 자존심이 강하다. 술에 대한 잘못된 자존심은 과음과 폭음 등 신체기능을 손상시키거나 기능의 장애를 일으킬 수 있다. 술자리 자존심은 다른 사람들보다 더 많이 마시거나, 불만과 저항의 표시로 자존심을 내세우기도 한다.

이리하여 술잔에 청춘을 발산하며, 과음하여 우정과 사랑 앞에서 자기의 인격을 추락시키고, 그 얕은 술잔에 진정한 자존심을 빠뜨리며 돼지 목 따는 소리에 자기 자존심을 날려 보낸다. 자존심 잃은 사람의 입을 '주(酒)둥이'라 하고 그의 돈을 '주머니(酒money)'라는 비속어도 있다.

원래 자존심이란 상대방을 높이는 마음에서 나온다. 자존심(自尊心)의 자(自)는 생명의 상징인 자기 코를 가리켜 '스스로'란 뜻이며 尊(존)은 술독(酋)을 공손히 두 손으로 존경하는 자에게 바쳐는(寸)형상이며 心(심)은 모양대로 심장으로서 바로 마음이다.

따라서 자존심은 스스로 존경하는 자에게 술을 공손히 올리는 마음이다. 오직 술자리 자존심은 스스로 낮추어 상대를 올리는 마음이 있을 뿐이다. 또한 이러한 자존심의 뜻은 영어인 under(아래로)와 stand(머문다)가 합하여진 understand(이해하다)와도 본질적으로 상통하고 있는 것이다.

술 자존심은 억지로 술을 마시지도 권하지도 않는 것이며 그들은 술을 눈으로 마시고 마음으로도 마시게 되는 것이다. 그러면 오랜 동안 내려오는 물고문보다 더 고통스런 술고문이란 말은 사라지는 것이다.

옛말에 '사위지기자사(士爲知己者死) 여위열기자용(女爲悅己者容)'이라 했다. '남자는 자기를 알아주는 사람을 위하여 목숨을 바치고, 여자는 자기를 사랑해 주는 사람을 위해서 화장을 한다' 는 것이다.

　남을, 사람을 알아주고 사랑해 주는 것만이 다른 사람들도 자기를 알아주게 되어 비로소 진정한 자존심이 생긴다.

31. 선물은 신에게 올렸던 음식이다

  선물(膳物)이란 것은 흔히 가족이나 친구 연인은 물론 친분이 있는 사람과 사람 사이에 정을 전하는 다양한 물건을 말하는 것이고 그리고 그 선물로 주는 물건에는 나름대로 의미를 부여하고 있다.

  흔히 꽃은 사랑해요, 인형은 안아 주세요, 초콜릿은 달콤한 사랑, 반지는 넌 내꺼! 구두는 이제 가세요, 열쇠고리는 행운을 빌어요, 목걸이는 하나가 되기 위한 것, 손수건은 이별, 거울은 내 맘을 알아주세요, 만년필은 성공을 빌어요, 시계는 만남을 소중히 하세요, 넥타이핀은 당신을 소유하고 싶어요, 스카프는 영원히 사랑해요, 향수는 날 기억해 주세요, 앨범은 추억을 영원히 등등 많다.

  원래 선물(膳物)이란 膳(선)은 고기(月)와 선(善)이 합하여 고

기반찬을 말하고, 物(물)은 牛(소)가 勿(쟁기)를 끌어 밭을 갈아서 수확한 모든 음식의 근원을 뜻하는 글자로 바로 만물을 대표하는 것이다.

따라서 선물은 신에게 올렸던 모든 음식이다 즉 술, 고기, 떡 등 제물(祭物)이 바로 선물이다. 이러한 선물을 골고루 함께 나누어 마시고 먹음으로써 신과 인간이 융합하고 몸과 마음을 굳게 결합한 공동체의식을 가진다.

사람들은 신의 영력으로 수확물 등의 풍요와 자손의 번영, 평화스러운 생활을 기원하는 것이다. 또한 선물을 나눠 먹는 것은 공동체의 구성원들의 의무와 권리이다. 이와 같이 선물(膳物)을 나누는 것은 공동사회의 단결에도, 종교적으로도 중요한 행사가 되었다. 그러므로 선물을 받는 것은 신의 분배행위요, 공동체의식을 신명으로 보장받는 것이다. 우리 선조들이 선물하는 절차는 제사에서 신을 보내는 일과 상을 물리는 일이 끝나면 주인이 제물로 쓴 고기와 술을 조금씩 나누어 글과 함께 친구에게 보냈던 것이다.

이러한 전통은 오늘날 시골에서는 집안 제사가 끝나면 동네 사람들을 모시고 술과 음식을 나누어 먹는 것이 선물이다. 그리고 아기 백일잔치에서 참석하신 모든 사람들에게 백일 떡을 조금씩 봉지에 싸서 나누어 주는 것이 바로 본래 선물의 의미이다.

그러나 이러한 본래의 선물의 의미는 현대사회의 핵가족화, 경제적 풍족화로 인하여 공동체 의식보다는 개인주의적 성향으로 인하여 순수한 선물의 의미는 사라지고 있다.

32. 음복

고대로부터 음복이란 제사를 끝낸 뒤 신명(神明)에게 올렸던 술을 마시거나 제물(祭物)을 먹는 의식으로써 신과 사람이 합해지는 음주의식이다. 음복(飮福)의 복(福)이란 제사상(示)에 올린 가득 찬 술병(畐)을 뜻한다. 이런 연유로 오늘날 모든 제례행사에는 음복을 하면서 복을 빌고 있는 것이다.

시골마을의 안녕과 무병장수를 비는 동제(洞祭)행사를 준비할 때는 잘 사는 사람들은 음식과 돈을 기부하고, 가난한 사람은 노동력을 제공하며 동제를 주관하는 제관은 찬물로 목욕을 재계하여 동제행사를 하고 난 뒤에 동민들은 그 제물을 나누어먹으며 동네의 무병장수를 기원한다.

신(神)이 제물을 받아 드신 후 그 제물을 다시 받아먹음으로써 복(福)과 덕(德)을 받는다는 주술적 의미가 강한 의례이다.

큰 명절 때마다 음복으로 시작하는 음주행위가 가끔은 과음하는 술자리로 변하여 오랜만에 만난 친인척간에 감정싸움을 일으키기도 하고 또한 음주운전 사고를 비롯하여 다양한 사고 사건이 연례행사처럼 일어난다.

33. 복덕방(福德房)

집이나 땅을 살 때 복덕방에 가서 그 주변 환경이라든가 이웃 분위기 등 여러 가지 다 물어 본다. 그 동네 복덕방은 이웃이야기, 논밭을 사고 판 이야기, 동네의 여러 경조사의 술과 떡도 먹으며 담소를 나누는 일, 실로 정보 교류의 중심지다.

원래 복덕방이란 마을단위 당제나 동제를 지내고 난 뒤에 제사음식을 나누어 먹던 동네 당산나무 주위 있는 넓은 마당 집을 말한다. 동네 제례행사 후에 그 음식(선물)을 모두 동네사람들이 골고루 나누어 먹는 공동장소가 복덕방이다. 복덕방이란 말 그대로 복(福)과 덕(德)을 가져다주는 방(房)이란 뜻이다.

원래 마을에서 당제나 동제를 지내고 난 뒤 제사상에 차린 제물로 희생되었던 제물고기를 공동마을의 장소로 가져와서 음식을 사람들에게 고루 나눠주는 바로 그 장소가 복덕방이다.

126

즉 신의 뜻이 담긴 제사음식을 마을사람들이 모여 먹고 마시고 덕담을 나눔으로써 음덕(陰德)을 기리는 매우 신성한 제물 분배소가 복덕방이다.

복덕방은 사회적으로는 성원의 모임을 통해 단결과 친목을 강화하는 것을 의미하며, 이 기회가 가족·친지의 성원이나 공동체 성원의 상호인지(相互認知)의 장(場)이 되고, 친족집단·지연집단을 확고한 단위로서 견실하게 유지할 수 있는 기회가 된다.

복덕방에서 신과 접촉을 하고 그 영력(靈力)을 받은 일이 되며, 농경사회에서 풍요와 자손의 번영, 평화스러운 생활을 기원하는 기회가 된다. 복덕방은 공동사회의 단결하는 구심장소이다. 그리고 공동체의식을 신명으로 받는 분배행위였던 것이다.

이러한 복덕방은 윗마을 아랫마을 사람들이 모이게 되면 자연스럽게 주변 동네 집 대소사 이야기며 간단한 물건교환이나 논밭이나 집을 서로 사고파는 흥정도 이루어지는 것이다. 복덕방은 점점 발달되어 동네 어른들의 담소와 간단한 법률상식을 전하는 장소가 되었다.

현대사회의 최첨단통신의 발달로 인하여 지금은 원시적이고 지역적인 복덕방이란 이름이 완전히 사라지고 도시곳곳에 부동산소개업으로 하는 공인중개사란 상호로 변하였다. 특히 옛 복덕방 바로 옆에는 항상 선술집이 공생하면서 부동산 흥정에서 윤활유 역할을 하는 술이나 술자리가 되었다.

1930년대 사진 등에서 같은 집에서 벽하나 두고 복덕방과 주점의 상호를 내걸어 공생영업을 했으며 1980년대까지 복덕방이 있었다. 이렇게 복덕방 주변에 사람들이 모이면서 점점 상업 활동 지역으로 발달하게 되는 것이다.

어쨌든 복덕방은 사회적으로 구성원의 모임을 통해 단결과 친목을 강화하는 장소였으며 그 공동체 성원의 상호인지(相互認知)의 장(場)이고 친족이나 지연집단을 견실하게 유지할 수 있는 장소가 되기도 했다.

현대사회에서도 원래의 복덕방 기능을 하는 곳이 있는데 바로 시골 동네의 마을회관이다. 이 마을회관에서 복덕방 기능을 다하고 있으며 그리고 동네 이장 선거나 동네 행사를 하는 주민자치정치의 장소가 되기도 한다.

특히, 명절이면 오래 만에 고향 친구들이 한자리에 모여 다양한 이야기를 나누는 정보교류의 장이며, 의료진 봉사단 등 외부단체의 많은 손님들이 동네에 왔을 때 좋은 잠자리가 되는 숙박기능까지 하고 있다.

34. 세계무형유산 - 강릉단오제! 신주(神酒)를 마시다

 강릉단오제는 유네스코 "인류구전 및 무형유산걸작"으로 선정(2005.11.25)된 한민족의 역사성이 있는 대표적 종합축제이다. 이 축제는 활발한 국제적 문화 예술의 교류가 이루어지고 있는 세계무형유산으로 세계인과 어울림 축제가 되고 있다.

 이것은 고대 부족국가 동예의 무천(舞天)이라는 제천의식에서 발원(發源)하여 신(神)과 인간의 만남으로서 수천 년 세월을 두고 한국인 삶의 총체적인 모습을 담아 다양한 민중의 삶이 단오제를 통하여 많은 전통문화 장르를 아우르고 있는 종합적 축제이기 때문이다.

 강릉단오제는 음력 4월 5일 신주 빚기로 시작된다. 강릉시장이 시청 현관 앞에 나와 신주미와 누룩과 솔잎을 내리는데 이때 시장은 부정을 타지 않게 절대 말하지 않는다.

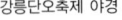
강릉단오축제 야경

　특히 신주를 빚는 동안 제관들은 입에 백지 한 장씩을 물고
서 말을 하거나 침이 튀는 등 부정을 방지하며 정성껏 술을 빚
는다.

　이 축제 본 행사기간은 음력5월 3일부터 7일까지며 단옷날
은 대관령 국사성황제의 본제가 거행하며, 1년 1회 열린다.

　축제기간에는 전통사회의 생활문화를 체험과 전승하는 것으
로서 신주미 내기, 수리취떡 만들기, 단오제 신주 음복하기, 창
포 삶은 물에 머리 감기 등 행사가 다양하다.

신주 빚기

강릉시민들이 보낸 신주미

특히 단옷날은 모든 악병을 쫓고 액운을 물리치며 무병을 기원하기 위하여 창포주를 마시는 것과 부적을 써서 부치는 풍습이 있다. 따라서 강릉 단오제 신주를 위하여 시민들은 가정의 안녕을 기원하면서 신주미(神酒米)를 해마다 보낸다.

이렇게 모은 신주미는 각종 제례에 쓰일 신주와 떡을 만들고 축제기간 단오장에서 국·내외의 많은 관광객들은 신주(神酒)를 마시며 단오제신에게서 복(福)을 받는 것을 함께 나누고 있다.

그리고 신주병에는 "강릉단오제 신주는 신과 인간이 만나 한바탕 축제를 즐기는 나눔의 양식(糧食)입니다. 천년의 축제 강릉단오제 신주를 마시면서 행운을 기원하세요"라는 글이 있다. 수리 사상적으로 단옷날 음력 5월 5일, 숫자 5는 마음 心의 형상이므로 1년 중에서 가장 양기가 센 날이며 마음(5)과 마음(5)의 만남이라 할 수 있다.

옛날부터 일 년 중 가장 양기가 센 단오부터 모든 질병도 일어난다고 믿었다. 실제로도 여름부터 가장 많은 질병이 발생한다.

한편, 단옷날 창포주는 고려시대부터 시가에 등장한다. "고을은 변주(邊州)건만 풍속은 예스러워, 한 잔의 창포주는 시름을 덜어 주네"

또 다른 시에서도 "오월 오일 오늘인가 집집이 창포주라" 이렇게 창포주는 상류계층과 일반 민가에서도 널리 퍼졌다.

더하자면, 단군이나 당굴은 원래 무당을 뜻하듯이, 단오도 역시 무당과 관련이 깊어 강릉단오제를 단양굿으로도 부르며, 신라 화랑과도 연관이 깊어서 화랑출신 김유신을 대관령 산신당에 모시고 있다. 옛 신라 때 화랑은 남자가 아니라 여자(남모, 준정)였으며 또한 화랑들은 얼굴에 분을 바르고 춤추고 노래하며 명산대천(名山大川)에 제사를 지내왔다는 것이다.

이와 관련하여 신라 설화에서 역신에게 아내를 빼앗긴 처용이 춤과 노래로 역신을 감복시켜 물리치는 것도 화랑 계통의 주술 집단의 일원이었을 가능성이 크다고 한다.

그래서 지금도 일부지방에서 화랑의 풍속을 계승한 노래를 부르고 춤추는 남자무당들은 스스로 '화랭이'라고 부르고 있다.

35. 건배(乾杯 toast)

오늘날 건배는 공식 연회, 모임 등에서 그 뜻을 위하여 건배를 하는 것이 보통이다. 원래 건배는 신에게 올린 신주(神酒)로 하고, 죽은 사람에 대하여 행하는 종교적 의례였으나 그 후에 서로를 축복하는 뜻으로 변하였다고 한다.

일반적으로 건배(乾杯)는 행사의 뜻에다 마음의 주파수를 맞추고 술잔을 다 비우는 것이다.

한자로 乾은 하늘, 마를 건이고 杯는 잔배이므로, 모두 잔을 높이 들어 하늘에 맹세하면서 잔을 다 말리는 것이다.

이때 술잔을 다 마시는 것은 바로 행사의 뜻을 진심으로 받아들인다는 확인 행위이다. 또한 건배 시에 잔을 부딪쳐서 소리 '쨍' 하는 것은 서구의 불신문화에서 생긴 것으로서 원래 뜻은 술잔에 독이 없다는 것을 증명하는 행위에서 비롯되었다.

즉 그 증명을 위하여 결투할 때는 입회인이 한쪽의 잔에 술을 가득 채운 뒤에 그 술잔의 절반쯤을 상대의 빈 잔에 따를 때 두 잔이 부딪치면서 소리가 나는 것이다.

또한 고대 그리스에서 상대를 죽이기 위하여 와인에 독을 넣었기 때문에 와인의 첫잔은 주인이 마셔 안전함을 보여준 뒤에 손님에게 술잔을 권했던 것이다. 이래서 의례히 술은 주인이 먼저 마신 후 손님이 마시는 것이 되었다.

재미있는 것은 건배하는 풍습도 가지가지다.

중국에서는 술을 다 마셨다는 증거로 술잔을 거꾸로 하는 습관이 있고 건배 후에 술잔을 깨는 특이한 풍습이 있는 지역도 있다.

러시아 카프카스 지방에서는 잔을 든 팔을 서로 걸고 마시기도 한다.

그리고 건배할 때 구호도 다양하다.

프랑스는 브라보(bravo: 만세, 칭찬)이다. 영국에서는 토스트(toast:구운 빵). 이것은 옛날 술잔에 빵을 넣어 가라앉은 불순물을 거르는 등의 습관에서 유래한다.

또한 경축에 프로지트(prosit), 이별에 치리오(cheerio)라 하고 특히 18세기 이후 영국 건배의 관습은 초대한 친구, 처음 만난 사람이나 아름다운 여성을 향해서 건배하는 것이다. 즉, 영국은 만찬이 진행되는 동안 술을 마실 때마다 건배를 하는 것이 예의이며 반대로 건배를 안 하는 것은 무례한 짓으로서 당신과는 건배할 가치도 없다는 뜻이었다. 따라서 만찬에 온 손님을 노골적으로 모욕하는 가장 좋은 방법은 그 사람을 향해서 건배를 하지 않는 일이었다고 한다.

어쨌든 우리나라 건배는 연장자로 존경을 받는 사람, 상급자가 시작하는 경우가 많으며 이때는 술 못하는 사람도 조금의 술을 받아 들고 모두 참여하여 잔을 비운 후에는 다 같이 박수를 치며 모임 뜻을 확인하며 단합을 과시하고 있다.

36. 뿔잔은 원샷

고대사회의 술잔은 자연에서 쉽게 얻을 수 있는 짐승의 뿔이었다. 그리고 뿔의 형태를 모방한 술잔을 만들어 사용했다. 그래서 뿔잔이나 뿔 형태의 각배(角杯)는 세계 여러 지역에서 발견되었다.

신라 가야지역은 뿔잔이 크기나 모양에서 매우 다양하였다. 고대중국은 물소 뿔로 만든 잔이 널리 사용된 듯하다. 고대 오리엔트시대의 유목민은 술을 마시는데 동물의 뿔이나 가죽주머니를 사용하고 있었다.

오늘날에도 남부 유럽의 포도주 산지의 축제 때 뿔잔 형태의 술잔을 사용하는 곳이 있으며 북구의 바이킹과 같은 해양 민족마저도 뿔 모양의 술잔을 사용했다고 한다. 따라서 고대의 중국, 중동, 유럽의 술잔은 거의 전부가 동물의 뿔로 만들어졌다.

그리고 술잔을 뜻하는 觴(상)은 角(각)이 들어 있으므로 원래는 물소나 쇠뿔로 만든 잔이란 뜻일 것이다. 또한 觴이란 여러 사람에게 먹인다는 뜻으로 술을 가득 부은 잔을 말하기도 한다. 한편으로 나무로 만든 술잔은 杯(배)라고 하고 이 속자는 盃(배)이다. 그리고 爵(작)은 쇠로 만든 발 달린 술잔인데 보통 한 되들이 정도의 큰 잔이다.

중국 청동기 때 긴 다리가 셋 달린 술잔은 밑에 불을 놓아 술을 데우는 주전자역할을 하였던 것이다. 덧붙여서 술 잔(盞)은 낮고 작은 잔을 말한다.

술잔의 역사에서 알 수 있듯이 뿔잔은 거의 다 밑바닥이 뾰족하면서 둥글다. 그러므로 뿔잔은 휴대하기는 편리하지만 그 형태 때문에 잔을 놓을 수가 없어서 원샷을 했을 것이다. 그런데 술이 약한 사람들이 잔을 받았을 경우 어떻게 처리했을까?

특히 기마민족 문화권에서는 기마생활을 하던 군인들이 말 위에서 마시는 술잔인 마상배(馬上杯)를 널리 사용하였다. 그 생김새는 팽이 모양의 것과 높은 굽이 있고 손잡이가 달린 것이 있다. 우리 민족이 술을 빨리 마시는 음주문화는 이러한 뿔잔 영향도 있는 것 같다.

37. 소주에 대하여

술의 역사는 오래되지만, 이 술을 다시 증류하여 만든 증류식 소주는 고려 후기에 증류방법이 전해진 이후부터 생긴 술이다.

간단히 말하면 옛날 가마솥에 곡주를 붓고 물보다 끓는 온도가 낮은 알코올과 향기성분을 증류하여 얻는 술 방울이 모인 것이 증류식 소주이다. 이런 연유로 소주는 곡주를 고아서 이슬처럼 받아내는 술이라 하여 노주(露酒)라고도 하고, 알코올 성분이 아주 강하여 화주(火酒)라고도 한다.

이리하여 주점이나 술집에서 쓰는 술 酒자는 소주에 쓰지 않는다. 즉, 증류식 소주에서의 한자는 특별히 세 번 빚은 술 酎(주)자를 써서 燒酎(소주)라고 쓴다. 燒酎는 술을 증류할 때, 불을 사른다는 燒(소)와 酉(술)에 寸(손)이 들어간 酎(주)자이다. 이 뜻은 술을 다시 여러 번 손을 거쳐서 얻어진 알코올 도수가 높은 술이라는 것이다.

한편 소주란 알코올이 불타는 酎(술)이므로, 이 술(酉)을 마실 때는 한 마디(寸:손 모양)씩 술잔은 끊어 마신다는 뜻으로도 풀이한다.

역사 기록들에서 증류식 소주에 관련한 내용들을 간략히 보면 소주라는 말은 고려 공민왕 때 '최영 장군전'에 처음 나오고 한편으로 소주만 마시는 무리가 생겨 그들을 '소주도(燒酒徒)'라고 하였다.

조선 태조 맏아들 이방우는 술을 좋아하여 소주를 마시고 병이 나서 죽었다고 하고, 단종은 몸이 허약하여 조정의 중신들이 약으로 소주를 고아 올렸다는 기록도 있다.

조선 사대부들은 소주를 과음했고 이 때문에 갑자기 죽는 사람도 많았다고 한다.

특히, 소주로 인한 쌀의 소비가 늘어 소주를 마시는 것은 매우 사치스런 일이라 하여 왕에게 소주 제조 금지령을 내리도록 상소를 올리기도 했다.

이와 같이 증류식 소주는 고려 말부터 조선조까지는 약으로 마시거나 왕이나 사대부들이 마셨던 아주 사치스런 고급술이었다.

이러한 증류식 소주는 일제강점기에 양조세를 받기 위해 일반인들의 술 제조를 금지시켜 명맥이 많이 끊어졌으며, 1960년대

양곡정책으로 증류식 소주의 제조가 금지되어 희석식 소주로 바뀌었다.

희석식 소주란 주정에다 물로 희석한 술이다. 여기서 주정이란 쌀보리, 보리쌀, 고구마 등을 발효시켜 연속식 증류기로 양질의 알코올 95% 추출한 것이다.

희석식 소주가 나온 이후로는 소주는 대중화되기 시작했는데 이 소주의 알코올도수는 1965년도 30%, 74년도 25%였으며 그 후로 23%, 22%거쳐서 2004년도에는 21%, 2006년 20%, 2009년 19.5%, 16.8%로 점점 낮아지고 있다.

그 이유는 소주가 남성의 술에서 점차 여성으로 소비층이 확대되는 점도 있지만, 원래 우리민족의 정서에 맞는 술은 알코올이 낮은 곡주이며, 한반도 위도 상에 걸맞은 낮은 알코올도수로 수렴되는 것이라고 생각한다.

이리하여 우리나라의 대표적인 술이 소주라고 하며, 국민주라고도 부르기도 한다.

38. 일본 술에 대하여

일본의 술에 대한 몇가지 알려진 이야기가 있다.

1. 새에 관한 전설

일본의 천지천황 때 죽유(竹臾)라는 사람이 대나무를 가꾸었는데 어느 날 그루터기에서 이상한 향기가 나서 가보니, 새들이 쌀을 물어다가 그곳에 넣으니 그것이 발효되어 술이 되었다.

2. 미잔 오존의 전설

신화시대의 인물인 미잔 오존이 신라국으로 가서 술 빚는 방법을 배워 왔다고 한다. 그곳은 강원도 춘천시 신북면에 있는 목화소비매가 쌀을 입으로 씹어서 술을 만들었다는 것이다.

3. 수수거리의 전설

일본 고사기에는 백제인 인번(仁番)이란 사람이 일본에 가서 새로운 방법으로 미주(美酒)를 빚어 응신천황에게 바쳤더니 이 술을 마시고 아래와 같은 노래를 불렀다고 전한다.

"인번이 빚어 준 술에 내가 취했네, 마음을 달래주는 술, 웃음을 주는 술에 내가 취했네"라는 기록이 있다.

한편 몽고를 통하여 한반도에 들어온 소주도 우리나라에서 전해졌으며 특히 임진왜란 때는 우리나라의 술을 빚는 기술이 일본에 많이 전해졌다고 한다.

그런데 일본술로 알려진 정종(正宗)이란 술이름은 특별하다. 원래 '정종(正宗)' 이란 이름은 일본의 명검을 만든 도공이름을 칼에 새긴 것에서 유래한다. 옛날 일본에서는 칼을 벼리는 도공 마사무네(正宗)란 이름을 가진 사람이 8명이 있었다고 한다. 그 중 오카자키 마사무네(岡崎 正宗)는 카마쿠라 막부 후기의 도공으로 카마쿠라에 살며 옛 칼의 비전을 조사하여 최고의 명장으로 이름을 날렸다. 이러한 正宗(마사무네)이 벼린 칼들은 일본 사무라이들이 신주같이 모시던 칼이다.

일본 명검을 만든 유명한 이름 '정종'은 일본식 청주 술의 상표에도 붙게 된 것이다. 특히 태평양전쟁 말기 일본은 특별공격대를 만들어 전투기 조종사들에게 이륙 직전 천황이 하사하는 어신주(御神酒)를 마시고 전투기를 몰고 적함을 향해 그대로 돌진하여 부딪쳐서 공격한 사건은 유명하다.

당시 사진에 '일본의 특별공격대원들이 전우의 유골을 가슴에 안고 출격 전 건배를 하는 모습', '부대장으로부터 이별의 신주(神酒)를 받는 특별공격대원들 모습' 등 최후의 공격을 앞두고 건배를 하고 있는 일본군들을 볼 수 있다.

　이러한 것은, 세계 역사상 최초의 음주비행으로 기록될 것이며 또 특공대원들이 받아 마셨던 신주(神酒)는 일명 '정종'이었을 것으로 짐작된다.

　이러한 '정종'이란 술 이름은 우리나라에서 19세기말 일본인이 부산에서 최초로 청주를 생산하면서 그 때 붙여진 술의 상표이다. 즉, 당시 부산의 앵정종, 마산의 대전정종, 인천의 표정종 등이 있었다.

　이렇듯 일본 '정종'이란 술은 바로 정종이 만든 명검으로 한반도를 침략하였고 또한 식민지 일제시대부터 '정종'이란 상표를 달고서 일본 술이 우리나라에 침투했는데도 불구하고 상류사회 사람들은 마치 아주 특별한 고급술인 양 아무 생각 없이 일명 '정종'을 마신 이야기를 자랑삼아 해 왔었다.

　술의 역사로 볼 때, 일본 술은 근본적으로 우리나라에서 전해진 술인 것이다.

39. 세상에서 가장 맛없는 술과 맛있는 술

세상 사람들은 통상 가장 맛없는 것을 싼 술로 생각하며 가장 맛이 있는 것은 비싼 술이라고 생각하고 선호한다. 그러나 값비싼 외국 술은 높은 세금이 포함되어 있으며 그리고 오래된 포도주나 꼬냑의 엄청난 가격은 그 희귀성 때문에 아주 비싼 술일 뿐이다. 진정으로 맛있는 것과 맛없는 것은 술이 아니라 술 분위기에 있는 것이다.

중국 제나라 위왕(B.C 378~343)이 술에 도통한 순우곤(淳于髡)에게 '어떻게 마시는 술이 제일 좋고 맛이 있는가' 라고 물었더니, 벼슬에도 품작(品爵)과 품위가 있듯이 술맛에도 9품이 있다고 하며 그 순서를 말하였다.

9품은 임금이나 손위 어른 앞에서 엎드려 마시는 부복주(俯伏酒).

8품은 공적인 일로 만나 공석에서 돌려 마시는 회음주(回飮酒).

7품은 상가나 잔칫집에서 낯선 사람과 함께 마시는 예주(禮酒).

6품은 주점에 가서 여럿이 몰려가 왁자지껄 마시는 술.

5품은 기생집에서 풍악을 울리며 마시는 술.

4품은 사랑채에서 지인과 주고받으며 마시는 술

3품은 사랑채에서 혼자 마시는 술.

2품은 좋은 경치를 벗 삼아 지인과 주고받으며 마시는 술.

1품은 좋은 풍광을 벗 삼아 혼자 마시는 술이라 했다.

위의 품격은 낮을수록 더 맛있는 술이요, 높을수록 더 맛없는 술이다. 그러므로 예부터 세상에서 가장 맛없는 술은 높은 사람인 상관이나 상급자, 그리고 웃어른과 함께 마시는 술이요, 세상에서 가장 맛있는 술은 풍광 좋은 자연을 벗 삼아 혼자 마시는 술이다.

이런 연유로 우리나라 시인 묵객도 술잔에 달을 앉히며 술을 마셨고, 도연명이나 백낙천의 시도 주로 독작이 많으며 이태백 '월하독작' 시는 아주 유명하다.

또한 세상에서 가장 맛있는 술을 찾는다면 철학자 디오게네스 일화에서 찾을 수 있다.

어느 날 알렉산더 대왕이 말을 타고 철학자 디오게네스에게 찾아가 물었다.

"그대 디오게네스여, 그대가 원한다면 이 나라의 절반이라도 줄 것이니 소원을 무엇이든지 말하시오"라고 했다. 디오게네스는 손가락 하나를 들어 옆으로 하며 "지금 일광욕을 하고 있으니 내 소원은 대왕께서 옆으로 비켜 주는 것입니다"라고 했다는 일화는 유명하다.

어느 날 알렉산더 대왕이 또 디오게네스를 찾아가서 "나는 알렉산더 대왕이다"라고 하자 "나는 디오게네스 개다"라고 했다.

알렉산더 대왕이 그 이유를 묻자 "내게 뭔가를 주는 자는 꼬리를 치며 반기고, 아무 것도 주지 않는 자에게는 시끄럽게 짖어대고, 내게 나쁜 짓을 하는 자는 물어버리기 때문이다"라고 했다.

특히 술과 관련하여 그 제자들이 디오게네스에게 가장 맛있는 술은 무엇입니까 하고 물었다.

그는 "세상에서 가장 맛있는 술은 공짜 술이다"라고 하였다.

그리고 세상에는 공짜 술과 관련한 속담은 너무 많다.

'공술이 맛은 더 좋다', '공술이라면 사지(四肢)를 못 쓴다', '공술에 술 배워 패가망신 한다', '술에는 공술이 없다' 등등이 있다. 인간은 누구나 은근히 '공짜'를 좋아하는 것 같다. 그러나 제일 맛있다는 공짜 술은 이 세상에는 절대 없다.

만약 진정한 공짜 술이었다면 그 많은 부정부패가 생겼겠는가?

이처럼 고대부터 상사 앞이나 접대 술이 세상에서 가장 맛이 없는 술이다. 사람들이 어떤 목적 달성을 위하여 사람들이 음산한 접대 술집에서 술을 마시다 보니 음주 품격은 아주 떨어지는 것이다.

현대화 과정에서 사람은 자연과 멀어지고 사랑방 공간은 없어졌다.

40. 경포 오월! 달을 마시다

언제나 시인묵객들은 자연의 정감을 느끼고자 달을 벗 삼아 술을 마시며 낭만과 풍류를 즐겨왔다. 그들은 달과 교감을 통하여 자기의 심정이나 회한을 호소하기도 하여 울분을 가라앉히기도 한다. 애주가들은 달의 영원성과 덧없는 인생의 대비가 인생무상을 불러일으켜 음주를 정당화하기도 한다.

선조들은 농도가 짙고 풍류적이어서 술잔의 달까지 마시는 정감을 많이 표현한다. 이것은 하늘의 달, 물속의 달은 마실 수 없어도 술잔의 달은 마시면서 달과 자신을 동일화 할 수 있기 때문이다.

옛 풍월(風月)적 시를 보면,

"잔속에 있는 밝은 달을 들이 마시니,

잔은 비어졌고 달도 또한 사라졌네

다만 잔에 술을 채우면 달은 또 오리라"

이 잔을 다시 채워주면 달은 또 술잔을 찾아 든다는 것이다. 더욱이 달밤에 강이나 호수 위에서 뱃놀이를 하면서 벌어지는 주연은 더 풍류적으로 묘사하고 있다.

그런데 이백이 달빛에 취하여 물속 달을 건지려는 이야기는 있지만 술잔 속에 뜬 달을 마시는 표현을 찾기는 어렵다. 이백은 선계(仙界)에 대한 동경심으로 산속에서 지냈고, 42세 때는 당 현종에게 한림봉공의 벼슬을 하사 받아 공무원 생활도 2년 정도 하였다. 특히 안녹산의 난에 연루되어 사형선고를 받았으나 뒤에 감형되고 사면되었다.

이백은 달을 잡으려다 물에 빠져 죽었다는 전설이 있으나 사실은 당도현(현 안휘성)에서 친척인 현령 이양빙 곁에서 병으로 죽었다.

그의 대표적인 시 〈월하독작(月下獨酌)〉의 일부이다.

화간일호주(花間一壺酒)　꽃 사이 놓인 한 동이 술을
독작무상친(獨酌無相親)　친한 이 없이 혼자 마시네
거배요명월(擧盃邀明月)　잔 드니 밝은 달을 맞이하고
대영성삼인(對影成三人)　달그림자 대하니 셋이 되었구나

(※셋: 이백, 달, 그림자)

-- 이 하 생 략 --

이렇듯 문학사나 회화사에서 달은 술과 짝을 이루어 중요한 소재의 하나로 여러 작품에서 이야기가 나온다. 이러한 낭만적인 달과 함께 가장 자연 풍광(風光)이 좋은 곳은 강릉 경포이다.

경포는 가장 술 맛이 좋다는 제일품(一品)의 풍류적 자연을 자랑한다.

예부터 수많은 시인묵객들이 다섯 개 달이 만나서 낭만과 사랑을 나누었으며, 지금까지도 다섯 개 달은 잘 알려져 있다.

'하늘에 뜬 달'   '호수에 뜬 달'

'술잔에 뜬 달'   '바다에 뜬 달'

그리고 '님의 눈동자에 뜬 달'이 뜬다

강릉 경포대 건너편에서 본 호수가 어우러진 야경

특히 경포에는 박신과 홍장의 애틋한 사랑이 전해오는 곳으로도 유명하다. 현재 경포호수가 서 있는 '홍장암' 비석 내용을 소개한다.

"고려 말 강원도 안찰사 박신은 강릉지역을 순찰하던 중 강릉기생 홍장을 만나 사랑하여 정이 깊게 되었다.

박신은 다른 지역을 순찰하고 돌아와 홍장을 찾았으나 강릉부사 조운흘이 놀려줄 생각으로 '홍장이 밤낮 그대를 생각하다 죽었다' 고 말하자 애절함에 며칠을 몸져눕게 되었다.

조 부사는 측은한 생각에 '경포대 달이 뜨면 선녀들이 내려오니 홍장도 내려올지 모른다' 라며 데리고 가 호수의 신비스런 운무 속에서 홍장이 배를 타고 선녀처럼 나타나게 하여 극적인 재회를 하였다"고 한다.

강릉 경포대와 호수 그리고 저 멀리 바다와 하늘은 구분하기 어렵다.

이렇게 세계에서 유일무이한 낭만의 '다섯 개 달' 이 뜨는 곳이 바로 강릉 경포이다. 한때는 강릉에서 다섯 개 달을 상징으로 한 '경포오월' 이란 특별한 상품이 있었으나 아쉽게도 지금은 생산되지 않는다.

이에 더하면, 신비스런 계영배처럼 다 채울 수 없는 특이한 술잔이나 교육 철학적 의미의 신기한 모양도 있다.

또한 중국 당(唐)시에는 '야광배(夜光杯)'가 나오는데 이 잔에 술을 채우면 잔에 달이 내려 와서 주위를 은은히 비추는 낭만적인 야광 술잔도 있었다.

41. 얼레리 꼴레리 / 짝 / 허니문

옛날 동네아이들이 "누구 누구는 좋아한데요, 얼레리 꼴레리"라 놀린다. 그런데 '얼레리 꼴레리'의 몇 가지 어원을 보면 재미있다.

1. 원래 '알나리 깔나리'가 변한 말인데, 옛날에 어린 사람이 벼슬을 했을 때 부르던 '아이 나리(알나리)'에다가 별 뜻이 없이 '깔나리'가 붙여진 말이라 한다.

2. 남자아이가 잠에서 깨어나면 발기한 상태로 칭얼대는데 어른들이 이걸 보고 '얼레(어린아이) 꼴라리(꼴이나다)'라고 놀리는 말이다.

3. 옛말 '어르다(혼인하다)'가 '얼레리'이고 '꼴레리'는 성기가 발기하여 〈꼴리다〉는 것이다.

즉 사랑하는 남녀가 어른이 되려고 사랑이 발기한 상태에 있는 것이다. 이렇게 사랑이 발기한 남녀가 혼례를 하면 '짝' 이 된다. '짝' 이란 한자 配(배)는 술병의 형상 酉(유)와 몸 己(기)로 이루어져 술을 사랑하는 사람에게 따라주는 데서 '나누다' 가 되고 신랑신부가 술을 부어 놓고 혼례를 올린다는 뜻이다.

따라서 전통혼례에서 신랑신부가 하나의 표주박을 두개로 잘라 나누어 서로 잔을 바꾸어 마시는 합환주(合歡酒)는 정신적 육체적 결합을 뜻하고 이때 신랑은 잔을 들어 하늘에 혼례 사실을 아뢰고 땅에는 잔을 놓아 그 뜻을 맹세하는 것이다.

혼례 끝난 후에도 두개의 표주박을 다시 맞추어 신방의 천정에 걸어 두어 둘 사이의 영원한 사랑의 물건으로 삼았다. 혼례가 끝나면 신혼여행 출발로 허니문(honeymoon)이 시작된다.

honey는 '벌꿀, 귀여운 여자, 여보' 이고 moon은 달이므로 '허니문' 행복한 신혼기를 보름달에 비유한 말이다.

그 유래도 여러 가지가 있다.

1. 스칸디나비아 신혼부부가 한 달(moon)동안 꿀(honey)로 만든 술을 마시던 관습에서 연유된다는 것이다. 이것은 체력 소모를 우려하여 벌꿀 술을 마셨다 하고,
2. 부부의 애정도 기우는 보름달처럼 점점 줄어들기 때문에 신혼이란 한때의 달콤한 꿀맛과 같다는 것이다.

아무튼 '짝' 을 찾을 때 중요한 것은 한번쯤 술로서 진실한 마음을 비추어 봐야 한다.

일단 짝이 되면, 바둑이나 장기처럼 한수 물리기는 어려운 것
이다.

42. 밸런타인데이(Valentine's Day)와 술

'밸런타인데이' 는 여자가 남자에게 사랑을 고백하는 날로 길거리마다 사랑을 전하는 매개체로 초콜릿이 팔리고 밸런타인 용품으로 장식한 다양한 이벤트 행사가 열리는 등 연인들의 날로 알려져 있다.

이 유래에 대하여는 여러 가지가 알려져 있다.

먼저 로마 황제 클라디우스 2세가 젊은 청년들을 군대로 보내기 위해 결혼금지령을 내렸는데 이에 반대하여 성 밸런타인(St. Valentine)은 황제의 허락 없이 서로 사랑하는 젊은이들을 결혼시킨 죄로 AD 269년 2월 14일에 순교했다. 이렇게 순교한 사제의 이름을 따서 기념하는 날에서 유래되었다.

그는 그 당시 간수의 딸에게 "love from Valentine"이라는 편지를 남겼고 그가 순교한 뒤 이날을 축일로 정하고 해마다 이 날에 애인끼리 사랑의 선물이나 편지를 주고받는 풍습이 생겼다는 것이다.

또한 영국인들이 새가 짝을 짓는 날이 2월 14일이라고 믿었던 것과 더불어 봄이 연인을 위한 계절로 여겼던 데서 나왔다는 이야기도 있다.

발렌타인데이에는 특별히 위스키 '밸런타인' 이란 술을 선호하는 경향이 있다. 그 이유는 술 이름이 바로 '밸런타인데이' 를 연상하게 하고 그리고 술 이미지를 '영원한 사랑의 속삭임' 이라 하여 연인들의 특별한 날로 기억하기 위해 선호하는 것 같다.

그러나 Valentine's Day와 위스키 Ballantine's과는 전혀 연관이 없다. Ballantine's 유래는 스코틀랜드 덤바튼에 소재한 조지 밸런타인 앤 선사(George Ballantine & Son Ltd.)의 제품으로 회사설립자 이름을 딴 것이다.

1827년 식료품점인 밸런타인사 창업 출발하여 19세기 말엽에 아들에 의해서 그의 이름을 위스키 라벨 표기에서 비롯되었다.

43. 향락퇴폐음주-80년대 탄생

우리나라는 1970년대 말부터 고급 술집들이 늘어나면서 특수계층만이 아니라 일반대중들도 드나들게 되고 1980년대는 희귀한 술집이 다양화 되고 향락퇴폐 음주가 생겼다.

그 이유는 바로 야간 통행금지의 해제로 인하여 심야영업 술집이 확산되었고 경제적인 소비능력의 향상으로 2, 3차로 이어지는 음주관행이 생겨났기 때문이다. 또한 기업의 접대문화, 부동산 투기로 인한 불로소득의 증가, 여가 향유 능력의 미성숙, 성규범의 완화, 쾌락을 추구하는 가치관의 확산 등의 요인이 복합되어 생긴 것이다.

당시 대중적인 막걸리의 소비량은 해가 갈수록 줄어들고 맥주의 소비량은 지속적으로 늘어났다. 특히 접대문화로 인하여 고가의 술인 진, 보드카 및 위스키의 소비량이 급격히 늘었다.

술집은 인테리어의 고급화 등 공간구조의 변화와 함께 고급술과 안주, 여종업원의 유형에 따라 매우 다양해졌다. 카페는 최고급 룸살롱에 비견할 수 있는 술집이 생겼고 젊은 세대 전용술집이 등장했다. 특히 술집에서는 음향기계와 노래가 결합되고 성인 쇼가 펼쳐졌다.

이러한 향락 음주문화 속에서 권세가들은 룸살롱에서 정치적 담론을 하며 여흥을 즐겼다. 이리하여 술집들은 각종 퇴폐적인 성인 쇼의 범람, 여종업원이 술시중을 드는 카페는 물론 술집 여종업원의 출신 성분의 다양화에 따라서 성의 상품화 현상이 현저해졌다.

따라서 정치인이나 고위 공무원이 향응을 제공받은 의혹을 사고 있다는 언론 기사는 드문 일은 아니었다. 결국 향락퇴폐음주는 부정부패와 연결되고 그 추악함의 행태는 역사적으로 부패한 정권, 각종 비리, 불로소득 졸부가 많은 사회일수록 퇴폐향락음주가 번창하여 각종 사건 등 사회문제가 심각하게 발생된다.

고급 술집에서 그들은 총알은 마음을 뚫을 수 없지만 술이 마음을 뚫는다고 믿는 것인가?

〈채근담〉에 따르면, "기쁜 기회로 말마 암아 경솔하게 승낙하지 마라, 취함으로 인하여 화를 내지 말라, 유쾌한 기회에 휩쓸려 일을 떠벌리지 말라, 게으름으로 인해 일의 끝맺음을 쉽게 하지 말라"라고 한다.

44. 음주수칙과 행복시간(해피 아워)

술 마시는 사람은 때를 가리지 않고 낮에도 마시고 밤에도 2차 3차까지 술을 마시는 것은 건강을 해치는 것은 물론 후회할 사고를 일어나게 만든다.

음주 다음날 술 분해 시 독성물질인 아세트알데히드를 몸 밖으로 배출시키는데 좋다며 아스파라긴과 타우린 성분이 있는 음식물을 찾기도 하는데 실제로 아세트알데히드의 비점은 섭씨 21도 정도이며 이것이 남아 있어 머리가 아프다는 것이다. 이러한 방법은 다 부질없는 일이고 중요한 것은 우선 술을 마실 때 음주수칙을 실천하는 것이다.

1. 가장 중요한 것은 하루에 분해할 수 있는 알코올 총량은 50g 이하이다. 통상 보통 사람의 경우는 소주 반병정도면 최적의 양이 된다.

2. 음주 전에 워밍업으로 음식을 섭취한다. 특히 선천적으로 알코올 분해효소가 부족하여 술을 잘 못 마시는 사람은 음주 전에 부드러운 죽이나 수프 등 가벼운 음식을 먹는다. 그러나 기름진 음식은 오히려 위의 알코올 분해 작용을 방해하고 지방간의 원인이 되기도 한다. 또한 우리나라 사람은 우유에 있는 락토스라는 당분을 분해하는 효소가 적어 소화기관에 무리가 올 수 있다는 것이다.

3. 술은 안주를 먹으면서 천천히 마셔야 한다. 즉, 소주 1병을 30분에 마시는 것은 소주 2병을 3시간에 마시는 것보다 더 해롭다. 그리고 섭취한 음식물이 대량일수록 그리고 농후할수록 알코올은 보다 느리게 흡수한다.

4. 한 가지 술만 마셔라. 부득이 두 가지 이상을 마셔야 한다면 먼저 약한 술로 시작해서 독한 술을 마신다. 먼저 맥주 한 컵으로 시작하여 서서히 마시면 포만감을 느껴서 초반부터 음주속도를 줄일 가능성이 높다. 예를 들어. 양주→소주→맥주 순으로 마시는 것보다는 역으로 맥주→소주→양주의 순서로 마시는 것이 보다 해악이 적다(실제 이렇게 마시면 아주 위험함).

5. 음주 시 물을 자주 마시는 것이 좋다. 물은 흡수하여 알코올을 희석할 수 있다. 몸에 수분이 부족하면 숙취가 유발되는데 물을 마시면 이를 예방하는데 도움이 될 수 있다.

특히 음주 시는 소변을 통해 많은 전해질이 빠져나가는데 전해질이 풍부한 과일 주스 등을 마시면 도움이 된다. 그러나 카페인음료나 탄산음료는 소변으로 수분만 빠져 나가게 하고 오히려 알코올 흡수를 촉진시킨다.

6. 술 종류에 있어 증류주는 비증류주보다 불순물의 함량이 보다 적어 술 취함이 덜 오래간다.

7. 목욕 후 음주는 피로가 풀려 일시적으로 술이 덜 취하지만 술의 흡수가 빨라지고 과음하기 쉽다.

8. 술 마시며 담배를 피우지 말라. 음주시 간의 산소요구량이 늘어나는데 담배를 피우면 인체에 산소결핍증이 더 유발하고 또한 담배는 뇌의 중독 부위가 자극돼서 술을 더 마시게 한다.

9. 음주 후 꿀물이나 과일 주스 등을 마셔 수분, 당분, 전해질 등을 보충한다. 음주 후에 공복감, 어지럼증 등 다양한 숙취현상은 대부분 혈당이 부족하기 때문이므로 해장국이나 라면 등을 먹고 싶은 것은 떨어진 혈당을 보충하려는 신체 반응이다.

이와 같은 음주수칙은 하루 일을 마친 후 한두 시간이내에서만 적용된다.

사람들은 일하는 시간인 낮술에 취하여 본업 생활에 지장을 주기도 한다. 한 실험에서 쥐에게 여러 시간대에 알코올을 투

여하여 그 때 알코올의 감수성을 조사한 결과, 하나의 리듬이 있었다. 즉, 장기의 알코올 감수성이 가장 높은 것은 저녁 활동기이고 이것은 가장 낮은 시기에 비하여 7배나 되었고 뇌의 감수성은 새벽녘에 걸쳐 가장 높았다. 인간의 생활 패턴으로 바꾸어 적용한다면, 아침이나 낮의 술은 몸에 영향을 주고, 밤의 술은 뇌에 영향을 미친다는 것이다.

한때 미국 뉴욕 술집에서는 오후 5시 반부터 1~2시간 동안 술값을 절반으로 깎아 주거나 간단한 안주를 무료로 제공한다는 뉴스도 있었다. 따라서 술은 저녁의 행복감과 사회적 습관에서 '신체의 시간–생명의 리듬'에 맞게 적당하게 마셔야 하는 것이다.

45. 술의 함수관계를 알라

술은 물과 에틸알코올 그리고 미량의 조미료 등이 들어있다. 에틸알코올의 백분율을 나타낸 것이고 에틸알코올은 탄소, 수소, 수산기로 이루어진 화학물질로서 마취효과가 있는 무색의 가연성 액체이며 그 화학식은 CH_3CH_2OH이다.

알코올은 열량이 있어 식품으로 분류되나 영양분은 없으며 중추신경계(CNS)에 큰 영향을 미치기 때문에 약물로도 분류된다.

술의 종류나 음주량의 관계는 그 지역의 기후와 환경 그리고 민족성과 그 사회성향 등에 따라서 아주 많은 영향을 미친다. 어떤 지역은 차나 물 대신에 아주 약한 술을 마시는 곳도 있다. 프랑스에서는 와인을 주로 마시고 영국은 맥주를 마신다. 러시아는 추운지역이라 술이 몸을 따뜻하게 해주어 술을 마신다. 또한 술의 미각을 어느 정도 중시 하는가에 따라서 그 성향도 다르다.

음주지역에서 통상 술을 많이 마시는 사회의 요소는 이러하다.

1. 사람들의 회합이 많은 사회일수록 술을 많이 마시고,
2. 그 사회 안에 내장된 갈등과 대립이나 상극 모순의 총화량과 술의 소비량은 비례관계가 있다.
3. 개인의 심한 갈등이나 알력 등을 음주로서 해결하려는 사람이 많을수록 그 사회의 음주량을 증대시킨다는 것이다.
4. 그 사회의 경제가 불황일수록 다른 소비에 비해서 술 소비량을 증가시킨다.

이와 반대로 보통 술을 적게 마시는 사회의 요소는 이러하다.

1. 그 지역에 아주 좋은 물이 풍족한 환경에 있는 사람일수록 술을 적게 마시고,
2. 산업형태에서 지식 산업이 발달할수록 음주량이 적으며,
3. 그 사회의 내부대립이 적은 사회일수록 음주량은 감소하고,
4. 그 지역에 고도의 문화와 가치관이 다양성 있게 형성되어 있을수록 음주량이 적다.

특히 막걸리와 같은 순한 술들은 정착과 안정을 희구하는 평화지향의 사회에서 즐겨 마신다고 하고, 양주와 같은 알코올도수가 높은 것은 사회 불만과 변혁을 바라는 공격적 성향의 사회에서 즐겨 마신다는 이야기도 있다.

우리나라가 위치한 지역과 기후 그리고 민족 성향은 알코올 도수가 낮은 술이 가장 잘 어울릴 것이다. 그래서 소주의 알코올도수도 계속 낮아지고 있는 추세에 있는 것이다.

또한 지구의 기후와 알코올 도수들을 함수관계로 표현하자면 이러하다.

1. 대체로 술의 알코올도수는 지구의 위도와 비례 함수관계가 있다. 즉 지구 위도가 높을수록 알코올도수도 높고 낮을수록 낮다. 그러므로 열대지역→온대지역→한대지역으로 그 위도가 높을 수록 그 알코올도수는 1%→20%→70%까지 올라간다.

2. 그러므로 계절 온도변화에 알코올도수는 반비례한다. 즉 온도가 낮은 겨울에는 알코올도수가 높은 술을 원하고, 온도가 높은 여름에 알코올도수가 낮은 술을 원하는 것이다.

3. 따라서 온대지역은 한대지역의 술 문화와 열대지역의 차 문화를 공유하고 있어 술집과 다방이 공존하는 경우가 많다.

4. 특히 술잔의 크기는 알코올도수와는 반비례한다. 즉 알코올도수가 높을수록 술잔은 작아지고 낮을수록 술잔은 커지는 것이다. 그래서 청주나 소주잔보다는 양주의 잔이 더 작으며 맥주와 막걸리 잔은 보다 더 크다.

5. 음주량과 음주속도는 술잔의 수와 반비례한다. 즉 음주자

보다 술잔이 적을수록 음주속도는 빨라지고, 음주자보다 술잔
이 많을수록 음주속도는 보다 느려진다.

　결론적으로 자신에게 맞는 최적의 음주 속도와 음주량은 때
와 장소에 알맞는 술과 술잔의 수를 결정하고 그 술잔의 흐름
을 보아 음주량을 조절하여 스스로 터득할 수 있다.

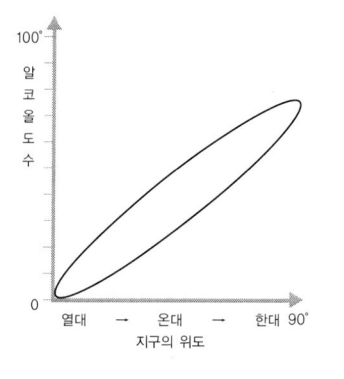

지구의 위도와 알코올도수 함수

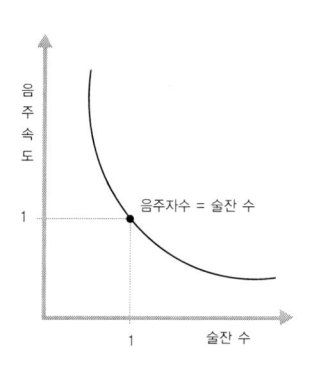

술잔 수와 음주속도(음주량)

46. 해장국과 해장술

해장이란 술 마신 다음날 장(腸)을 시원하게 풀기 위해 먹는 국이다. 원래는 '술국'이었는데 8·15 해방 이후에 술로 시달린 장(腸)을 시원하게 풀어 준다는 뜻에서 '해장국'으로 바뀌었다.

최초의 해장국은 고대인들이 제천행사 기간 동안 소를 끓여 소금만으로 간을 맞추어 먹었던 신농탕(神農湯→설렁탕)이라 할 수 있을 것 같다.

고려 말 중국어 학습서 〈노걸대〉에서는 '성주탕(醒酒湯)' 이름의 설명에서 "육즙에 정육을 잘게 썰어 국수와 함께 넣고 천초(산초)가루와 파를 넣는다"라고 하였으니 일종의 해장국이란 뜻이다.

조선시대 주막 풍속화에서 목로술집의 큰 가마솥은 국밥이나 해장국을 끓이는 솥으로 보인다.

그리고 풍속서인 〈해동죽지(1925년)〉에 경기도 광주에서 떠나 새벽종이 울릴 적에 서울에 당도했다 하여 이름 붙인 '효종갱(曉鐘羹)'에 대한 이야기가 있다.

광주 성내 사람들은 효종갱을 잘 끓인다. 배추속대, 콩나물, 송이, 표고, 쇠갈비, 해삼, 전복을 토장에 섞어 종일 푹 곤다. 밤에 이 국 항아리를 솜에 싸서 서울에 보내면 새벽종이 울릴 때쯤 재상의 집에 도착한다. 국 항아리가 아직 따뜻하고 해장에 더없이 좋다"고 하였다.

이러하듯 옛날부터 술과 관련하여 숙취를 해소하기 위하여 해장국을 먹어왔었던 것이다. 일반적으로 숙취해소에 효과가 있다고 알려진 해장국은 많이 있다.

콩나물국에서 콩나물의 아스파라긴산은 숙취의 원인물질인 아세트알데히드를 직접 제거하는 효과가 있다고 하며 북어국의 북어는 독을 푸는 기운이 있고, 무에도 술독을 풀어주는 기능과 열독을 해독하는 기능이 있다고 한다.

또한 숙취해소를 위해 알코올을 빨리 분해시키는 과당이 들어있는 꿀물이나 과일즙, 오이즙, 연근즙, 수정과 등을 마시거나 단감 또는 홍시를 먹는다. 판매되는 숙취 해소 음료에도 아스파라긴산, 타우린 등이 들어있어 섭취하면 숙취 해소에 도움이 된다. 하지만 소주 1병 이상을 마시면 별로 소용이 없다.

지금까지 알려진 음주 후 숙취해소 효과는 적당한 음주에 한하여 약간의 도움이 될 수 있다는 것이다. 현대까지 음주 숙취 원인이 아세트알데히드, 퓨젤유, 기타 성분 등이라고 하지만은 아직도 정확한 원인은 알려져 있지 않으며 알코올이란 일단 혈액 속으로 들어오면 일정한 시간이 지나야 완전 분해되므로 무조건 기다리는 수밖에는 별다른 도리가 없다.

정확한 것은 알코올 분해는 자기가 마신 술잔의 수와 동수의 시간이 걸리므로 충분한 휴식과 수분 등을 흡수하여 심신을 회복하는 것이 상책이다. 더 심하여 죽을 지경이라면 바로 토하는 것이 최상책이다. 결론은 음주 숙취해소에 대한 특별한 해장국이 없으며 또한 민간요법의 숙취 치료도 과학적 근거는 미미한 것이다.

이럼에도 불구하고 더 위험한 것은 숙취상태에서 또 해장술 마시는 것이다. 밤새 술 마신 다음날 한마디로 죽을 지경인데 해장국을 안주삼아 또 해장술을 마신다. 해장술이 뇌의 중추신경을 마비시켜 잠시 숙취의 고통을 덜 느끼게 하는 것이지만 이것은 간과 위장이 술 해독작용으로 지친 상태에서 또 해장술을 마셔서 간과 위장을 더욱 지치게 하는 위험한 행동이다.

그들은 술은 술로써 다스린다고 개똥철학으로 이야기하지만 결국 자신의 건강에 치명적인 해를 끼치는 행위일 뿐이다.

47. 술 타임캡슐 - 유효기간이 있다

옛날부터 '술과 벗은 오래 묵을수록 좋다'고 했다.

술은 오래 묵어야 향기롭고, 친구도 오랫동안 숙성돼야 좋다는 것이다.

이와 관련하여 세상에서 가장 오래된 술은 1980년 중국에서 출토된 기원전 1300년 전 것이 있는데 알코올 기운은 거의 증발했다. 그리고 중국에서 2000년 전 청동항아리에 담긴 5ℓ 분량의 술이 발견되었고, 독일 와인박물관에 기원전 102년경 고대 로마의 술이 보관돼 있다고 한다. 중국 샤오싱에서는 딸을 낳으면 술을 빚어 땅에 묻어두었다가 시집보낼 때 개봉하는 술 '여아홍(女兒紅)' 풍습도 있다.

그러나 이렇게 오래된 술이라 해서 실제 음주에 있어 좋은 술은 아니다. 일반적으로 식품들이 유통기한이 있듯이 술 역시 그 종류와 보관 관리 상태에 따라서 유통기한이 정해져 있다.

보통 알코올도수가 높은 증류주와는 달리 맥주, 막걸리 등의 양조주는 유통기한이 있다. 보통 순 알코올 농도가 낮은 곡주는 유통기간이 대체로 짧다. 맥주는 알코올농도 4~6%이며, 효모의 작용을 억제시켰기 때문에 유통기한은 6개월 정도이며 병맥주는 라벨부분에, 캔 맥주는 캔 밑부분에 보통 용(병)입년월~음용권장기한이 적혀 있다.

맥주는 음용권장기한이 지남에 따라 발효가 진행돼 맛이 달라지고 단백질이 응집하여 뿌연 침전물이 생기면서 시큼한 맛이 나는 것이다. 그러므로 맥주는 용(병)입년월 3개월 이내가 좋고, 컵은 냉장고에 보관된 맥주 컵을 사용하면 더욱 맛이 좋다. 그리고 직사광선에 노출되면 맥주 성분이 햇빛에 반응하여 냄새가 나거나 맛이 변한다.

그래서 술병들의 색깔은 일광을 차단하는 다갈색이나 짙은 녹색의 맥주병이나 소주병을 많이 사용하게 된 것이다. 그러나 어떠한 술병도 빛을 완전히 차단할 수 없으므로 맥주는 햇볕이 안 드는 서늘한 곳에 두되 될 수 있는 대로 빨리 마시는 것이 좋다.

유통기한의 기준이 되는 것은 술의 순 알코올 농도이다. 일반적으로 술의 순 알코올 농도가 13%에 이르면 대부분 미생물은 활성을 잃게 되고 순 알코올 농도가 20%이상이면 사멸하게 되

기 때문이다.

이와 관련하여 우리나라 여의도 국회의사당 준공(1975.9.1) 당시 화기(火氣)를 억누르기 위해 정문 앞에 세운 두 개의 해태상 아래 10m 깊이의 땅을 파서 국내 최초로 100%국산 와인인 '노블와인'이란 백포도주를 한 병씩 석회로 감싸 항아리 안에 넣어서 양쪽에 각각 36병씩 72병을 묻었다.

해태상을 기증한 측에서는 "국가적인 경사가 있는 날이나 통일이 되는 날, 아니면 지금으로부터 100년 후인 2075년에 우리나라의 민주주의가 뿌리내린 것을 기념해 와인을 파달라"라고 했다는 것이다.

그러나 그 포도주에 아주 특별한 처리를 하지 않은 한, 100년 뒤 그 포도주 맛은 변하여 음주 불가능한 상태가 될 것이다.

왜냐하면 이 포도주의 순 알코올 농도는 대략 12% 전후정도이기 때문에 당연히 오래 보관할 수 없다는 결론이다. 그리고 포도주는 보관가능일수가 아무리 길게 잡아도 50년 정도라는 것이다.

어째든 우리나라가 통일이 되는 그 날 혹은 민주주의 꽃이 필 2075년이 오면, 국회의사당 해태상 밑에 묻혀 있는 타임캡슐 포도주 72병 모두 축배의 술이 되기를 기원하는 것이다.

48. 한 잔의 주파수

세상 사는 정보를 알려고 라디오나 TV를 보려면, 방송국 전파 주파수와 수신기 동조회로 주파수 숫자를 맞추어야만 소리와 화면을 듣고 볼 수 있다. 그런데 주파수가 맞지 않으면 쌕쌕하고 삔쩍거리며 아무것도 안 들리고 아무것도 안보여 신경질만 나고 열 받는다.

세상 만물은 각자 고유 주파수를 가지고 있는데 고유 주파수가 서로 맞으면 엄청난 일이 발생한다는 것은 잘 알려져 있다.

미국 워싱턴 주에서 1940년 7월 1일 개통된 타코마다리(중앙경간 853m 현수교)는 풍속 60m/sec 견디도록 설계했지만 4개월 뒤 11월 7일 풍속 19m/sec에 다리가 붕괴되었다.

그리고 영국 맨체스터 근처 다리가 1831년 한 보병부대가 행진하며 지나가는 바람에 무너진 일이 있다.

그 원인은 다리구조물의 고유주파수와 바람의 주파수 그리고 보병부대 행진 주파수가 일치하여 공진이 발생하여 진동이 계속 증폭되면서 결국 다리가 붕괴한 것이었다.

이러한 현상은 실로폰을 치면 옆 실로폰의 같은 음판이 같은 음을 내고 세탁기가 멈출 때 쿵쿵거리며 흔들리는 것은 바로 그 때 세탁기의 고유주파수와 일치하여 나타나는 공진현상이다.

그리고 전자레인지 주파수는 파장으로 음식의 물 분자를 맹렬히 진동시켜 데운다.

그러면 한 잔의 술과 사람사이의 주파수에서는 어떤 일이 일어날까?

세상 사람들 사이에서도 주파수가 맞으면 사랑과 우정도 생기고 그 술자리는 감사와 화합의 기분 좋은 분위기가 되는 것이다. 그래서 마음에서 우러나오는 목소리 주파수로서 사랑이나 호감도를 측정할 수 있는 것이다.

그러나 술자리에서 주파수가 맞지 않으면 그 자리는 사고 사건이 일어날 확률이 높은 것이다. 특히 분노, 슬픔, 불안, 두려움 등으로 인한 마음 주파수는 술 주파수와 공명·증폭되면서 결국 과음이나 사고를 일으킨다.

실제로 그 높은 목소리로 그 얇은 유리술잔을 깨트려 버린다. 극히 위험한 일은 그 성난 화(火)의 주파수는 인체 장기 중에서 비슷한 주파수와 공명하여 치명적인 질병을 일으킬 수

176

있다.

현대의학에서도 질병 세포의 주파수와의 공명현상을 이용한 첨단장비로서 인체 질병 정보를 알아내고 있다.

술 주파수 성질과 반응을 알아보자.

알코올은 물과 친화성이므로 일명 주파수가 잘 맞아 물에 잘 녹아 있다. 즉 알코올분자가 물 분자 사이의 빈 공간에 사이좋게 끼어 들어가는 것이다. 실제로 알코올 50cc를 물 100cc에 타면 그 양이 4cc줄어져 결과는 알코올도수 34.2%의 술 146cc가 되는 것이다. 그리고 이 부피가 가장 많이 줄어드는 경우는 알코올 농도 약18%정도이다. 알코올농도가 매우 높은 술을 마실 때 입술이 확 달아오르는 것은 에틸알코올과 혀에 있는 물이 수소결합을 할 때 발생하는 열 때문이다.

그러므로 최상의 술 안주는 바로 물이다. 우리 인체의 65%정도가 물이고 호흡을 통한 가슴과 배의 압력차이로 인하여 물이 순환하고 있으므로 흡수된 알코올은 몸속 물(체액) 속으로 급속히 퍼지는 것이다. 그리고 인체의 물 60%는 무수한 세포막 안에 있고 혈관벽과 세포막으로 2중으로 차단되어 있다.

또한 마음의 주파수는 인체나 술 그리고 음식 등에 들어있는 물의 반응에 따라 그 기분이나 맛이 달라지는 것이다. 그래서 음식을 요리할 때도 좋은 마음으로 만들고 음식을 먹고 술을 마실 때도 좋은 마음으로 마셔야 기분이 좋아져 건강해지는 것이다.

'한 잔의 주파수'는 주위 전자제품의 유해파장에도 물의 분자를 변화시켜 술맛이나 음식 맛을 변화시키거나 술자리 분위기까지 바꾸기도 한다. 이래서 위스키 잔에 원적외선을 방사하면 술이 부드러워지고 이것은 술 만들 때에도 고속 육성효과가 있다는 것이다.

더욱이 식물에도 자연소리를 곁들인 그린음악을 들려주면 성장속도가 촉진되고 병충해에도 강해진다고 한다. 즉, 음악소리의 특정 주파수가 물의 입자를 자극하여 생명체에 기쁨을 주는 것이다.

이러한 그린음악은 혈중알코올농도를 떨어지게 하여 숙취해소에 효과가 있다는 연구결과까지 있다. 이것은 원적외선으로 몸 세포를 진동시켜 혈액순환과 대사활동을 촉진시켜 유해독성 물질을 배출시킨다는 원리와 같은 것이다.

(※물의 결정의 연구 결과 자연의 깨끗한 물은 보석처럼 영롱한 육각형 결정으로 나타나며 물에게 '고맙습니다' 하면 물은 아름다운 육각형 결정의 사진을 보여주고, 저주하는 말을 들려주면 육각형 결정을 이루지 않는 그림을 보여 준다는 것이다.)

예부터 '기가 막혀 말이 안 나온다'는 말이 있다. 이것은 몸에 기가 한곳에 모여서 기가 막히는 것인데 사전에 이러한 막히는 기(氣)를 먼저 감(感) 잡는 것이 감기(感氣)이다. 이러한 감기가 오기 전에 마음의 주파수로서 모인 기(氣)를 온몸으로 나누어서(分) 기분(氣分)이 좋은 상태로 유지해야 한다.

특히 사람과 술잔 사이에 흐르는 특정 분위기(雰圍氣)가 있다. 이것이 술자리에 모인 음주자에게는 각각의 고유주파수(맥박)로 나타날 것이다. 그 한 잔의 주파수는 술자리와 공명하면서 자신의 온 몸 속으로 반응하고 발산되면서 음주 천태만상으로 나타나게 된다.

49. 권력과 향응에 대하여

역사적으로 정치 권력권에서 은근히 그들의 목적달성을 위하여 질펀한 향응을 제공하거나 특별한 술자리로 초청하는 사건들이 있다.

고구려 건국담에 따르면, 하백의 세 자매 유화, 선화, 위화가 더위를 피해 청하(지금의 압록강)의 웅심연에서 놀고 있었는데 이때 천제(天帝)의 아들 해모수가 세 처녀를 보고 그 아름다움에 도취되어 신하를 시켜 가까이하려고 했으나 그들은 응하지 않았다.

그 뒤 해모수가 신하의 말을 듣고 새로 웅장한 궁실을 지어 그들을 초청하였는데, 초대에 응한 세 처녀가 술 접대를 받고 만취한 후 돌아가려 하자, 해모수는 앞을 가로막고 하소연하였으나 세 처녀는 달아났다. 그러나 그 중 유화가 해모수에게 잡혀 궁전에서 잠을 자게 되었는데 정이 들고 말았다. 그 뒤 주몽(朱蒙)을 낳으니, 이 사람이 동명성왕(東明聖王)으로서 후에 고구려를 세웠다고 한다.

또한 고구려 대무신왕(AD 28년 7월)때에는 한나라 요동태수가 대군을 이끌고 고구려를 공격해 오자 국내성에 있던 모든 가축과 양식을 수비성인 위나암성으로 옮기고, 재상 을두지 계책에 따라 대무신왕은 글과 함께 잉어와 맛좋은 술(旨酒)을 한나라 군 진영에 보내어 요동태수를 물리치고 고구려는 실리를 얻었다는 것이다.

특히 신라 시대 때 왕이 사냥을 나갔다가 술과 향응을 받은 후 높은 관직을 하사하였다는 기록이 있다.

〈삼국사기〉 신라본기에 따르면 "지마이사금(112~134년)이 왕위에 올랐다 혹은 지미라고도 하였다. 파사왕(80~112년)의 친아들이고 어머니는 사성부인이다. 왕비는 김 씨 애례부인으로 갈문왕 마제의 딸이다. 일찍이 파사왕이 유찬의 못가에 가서 사냥할 때 태자가 따라 갔다. 사냥을 마친 후에 한기부(韓歧部)를 지나게 되었는데, 이찬(伊湌) 허루(許婁)가 잔치를 베풀었다. 술기운이 무르익자 허루의 아내가 젊은 딸을 데리고 나와서 춤을 추었다. 그러자 이찬 마제(摩帝)의 아내도 역시 자기 딸을 데리고 나왔다. 태자가 그녀를 보고서 기뻐하였으나 허루가 언짢아하자 왕이 허루에게 말하였다. '이 곳 땅 이름이 대포

(大庖:큰 부엌)인데, 공은 이곳에서 잘 차린 음식과 맛좋은 술을 마련하여 잔치를 베풀어 즐겁게 해주었으니 마땅히 주다(酒多)의 위계를 주어 이찬보다 위에 있게 하겠다.' 그리고는 마제의 딸을 태자의 짝으로 삼았다"는 내용이다.

당시 잔치를 베푼 '한기부' 지역은 지금 행정구역상으로는 경주시 양남면 하서리 지역이다. 그 이유는 신라 사로국 육부촌 하나인 금산(金山)의 가리촌(加利村)을 유리왕 9년에 한기부로 고쳤기 때문이다.

따라서 당시 바다가 보이는 한기부에서 왕과 함께 시원한 동해안을 바라보면서 역사적 향연을 베풀었을 것이다. 당시 향연 자리에서 마제의 딸이 태자의 부인이 되었고 또한 향응을 베푼 허루는 높은 위계 '주다' 에 오르는 기회가 되었다.

한편 중국에서 진나라가 무너진 후 중원의 패권을 다투면서 항우가 유방을 죽이기 위하여 유방을 초청한 '홍문연' 은 실패했지만은 생사를 가르는 살기등등한 정치적 승부를 내기 위한 음모였던 것이었다.

이렇듯 역사적 전장에서나 권력관계 등에서 향응 접대는 있어 왔다. 현대 사람들도 정치 경제 사회 등 여러 분야에서 향응 접대로서 어려운 일들이 잘 이루어질 것이라 믿는 것 같다.

50. 한 잔의 나비효과(butterfly effect)

세상에는 아주 작은 원인이 상상하지도 못할 큰 결과를 가져오기도 한다. 그 작은 술 한 잔 속에 언행의 불씨가 수많은 술잔을 타고 확산 증폭되어 나중에는 엄청난 일이 일어나기도 하고 그 인연으로 인생이 완전히 바뀌기도 한다.

한 잔의 나비효과는 사회적으로는 사건 사고를 일으키고 개인적으로는 패가망신하거나 인생역전이 되기도 한다.

이렇게 술 한 잔으로 인하여 일어난 일을 '나비효과'를 빌어서 '한 잔의 나비효과' 라고 이름 붙였다.

원래 '나비효과' 란 무시해도 되는 아주 미세한 한 마리의 나비 날갯짓이 원인이 계속 증폭되어 아주 엄청난 토네이도를 일으킨다는 것이다.

이 용어는 미국 기상학자 에드워드 로렌츠가 1979년 미국 워

싱턴에서 열린 발표장에서 "브라질에 있는 나비의 날갯짓이 미국 텍사스 주에 발생한 토네이도의 원인이 될 수 있을까?"라는 논문에서 처음으로 사용되었다.

즉, 만약 브라질에 있는 나비가 가만히 앉아 있었더라면, 미국 텍사스 주에 토네이도가 일어나지 않을 수도 있었다는 것이다.

실제 변화무상한 기상상황에서는 기상조건을 결정짓는 무궁무진한 변수 중에서 주요한 변수나 조건들 뿐만아니라 나비의 날갯짓 같은 작은 변화의 요인으로도 어떤 결과를 가져올지 예측하기 어렵다. 아주 미세한 바람에 작은 나뭇잎이 흔들리는 것이 우주의 표현이기 때문이다.

기상예보에서 최첨단 과학 장비를 총동원한 날씨 예보의 정확도는 신경통이 있는 노인들의 일기 예측과 별 차이가 없다는 것이다. 한 기상청에서 신경을 써서 쾌청하고 가장 좋은날 날짜를 정하여 야유회를 갔지만 바로 그날 비가 내려서 행사를 망쳤다는 이야기가 있다.

어쨌든 아무리 작고 작은 움직임이라도 세상을 변화시킬 엄청난 나비효과가 일어날 수 있다. 오늘날 정보화시대의 디지털과 매스컴 혁명으로 그 작은 정보도 매우 빨리 확산되면서 나비효과는 더욱 강한 힘을 일으킨다.

실제 한 네티즌이 제안한 촛불시위가 인터넷 가상공간에서 증폭하면서 엄청난 촛불 토네이도가 일어나기도 하고, 단 한명의 사스감염이나 신종 인플루엔자 감염 정보도 기하급수적으로 증폭되면서 며칠 후에는 전 세계를 공포에 몰아넣고 있다. 이에 따라 관광과 항공 산업 등 경제에도 엄청난 영향을 미치고 있다. 이렇게 지구촌 한 구석의 미세한 작은 변화가 순식간에 전 세계적으로 확산되면서 토네이도를 일으키는 것이다.

그러므로 한 잔의 주파수도 순식간에 매스컴과 인터넷을 통하여 초고속으로 확산된다면 음주문화에 토네이도를 일으킬 수도 있다.

특히 유명 인사의 음주 사건사고는 매스컴을 통해 순식간에 전 세계로 퍼지는 것이 바로 '한 잔의 나비효과'라고 할 수 있다. 반면에 음주문화에 대한 사회적 관용으로 인하여 그 효과가 약해지거나 미미해질 수도 있다.

아무튼 한 잔의 나비효과에 휘말린 사람들은 그 얇은 술잔에 명예를 빠뜨린 것에 밤새워 괴로워할 것이다. 이제는 번데기가 나비가 되듯이 그 얇은 술잔에서 빠져 나와 한 잔의 자유를 위하여 훨훨 날아가야 한다.

참고문헌

○ 주왕기, 약물남용, 世界社, 1989.

○ 이상희, 술 한국의 술문화 Ⅰ·Ⅱ, 도서출판 선, 2009.

○ 김상일, 한思想, 온누리, 1990.

○ 朴成壽, 申採湜, 文化史槪論, 法文社, 1984.

○ 北崖, 규원사화, 1675. 高東永역, 도서출판 자유문고, 1986.

○ 高須俊明, 술과 健康, 明志出版社 編輯部, 1989.

○ 술이 인체에 미치는 영향, 대한주류공업협회, 1999. 8.

○ 박석기, 호모 비불루스, 學硏社, 1990.

○ 건강생활 이렇게 하자, 보건복지부 한국보건사회연구원, 1999.

○ 이종기, 술을 알면 세상이 즐겁다, 도서출판 한송, 1998.

○ 술 담배 스트레스에 관한 첨단보고서, KBS일요스페셜(제4
편 약인가 독인가 - 술의 두 얼굴), 1999. 1. 31.

○ 신라인도 원샷을 했다, KBS일요스페셜. 1999. 4. 10.

○ 포석정은 놀이터가 아니었다, KBS일요스페셜. 2001. 3.
31.

○ 귀신 쫓는 사나이 처용(處容)은 누구인가? KBS 역사스페셜
2009.7.25.

○ 早島正雄, 술목욕 健康法, 明志出版社 編輯部, 1987.

○ 에모토 마사루, 물은 답을 알고 있다, 양억관 역, 2002.

○ 이유명호, 살에게 말을 걸어봐, 도서출판 이프, 2002.

○ 주니어스·아담스, 실패하지 않는 술, 진로그룹홍보실,
1986.

○ 한국인과 술에 관한 48가지 리포트, SBS보도국 기자들, 도
서출판, 1997.

○ 강릉시청 인터넷 사이트.

○ 강릉단오제 행사 인터넷 사이트.

○ 사단법인 한국음주문화연구센터 인터넷 사이트.

○ 이외수외, 에세이 술, 보성출판사, 1989.

○ 金明培, 茶道學, 學文社. 1993.

○ 국어사 - 古代國語史, 학습자료 인터넷.

○ 교육과학기술부, 중학교 국사, 2009.

○ 한국과학문화재단, 과학체험활동 가이드북1, 2004.

○ 朴甲千, 語源隨筆-말의 故鄕을 찾아- ,乙酉文化社, 1987.

○ 生活大玉篇, 東信文化社 辭書部 편, 1990.

○ 易知 漢字辭典, (주) 대교, 2003.

○ 故事成語, 錦浩書館 편집, 1990.

○ 몽테뉴, 隨想錄

○ 四書三經 합본.

○ 홍자성, 채근담.

○ 대학교재, 심리학개론.

○ 대학교재, 논리학개론.

○ 윌 듀런트, 哲學이야기, 任軒永 역, 東西文化社, 1978.

○ 酒類文化, 1988. 10. 창간호.

○ 金富軾, 三國史記, 1145.

○ 一然, 三國遺事, 1281년경.

○ 許浚, 東醫寶鑑, 1610.

○ 劉太鍾, 韓國의 銘酒, 中央日報社, 1977.

○ 술 관련 인터넷 사이트.

○ 언론보도 자료 등 다수.

○ 술집, 음주자의 첩보 자료.

한 잔의
주파수

〈끝〉